단독보도

단독보도

펴 낸 날　2023년 03월 16일

지 은 이　이욱
펴 낸 이　이기성
편집팀장　이윤숙
기획편집　서해주, 윤가영, 이지희
표지디자인　서해주
책임마케팅　강보현, 김성욱
펴 낸 곳　도서출판 생각나눔
출판등록　제 2018-000288호
주　　소　서울 잔다리로7안길 22, 태성빌딩 3층
전　　화　02-325-5100
팩　　스　02-325-5101
홈페이지　www.생각나눔.kr
이 메 일　bookmain@think-book.com

• 책값은 표지 뒷면에 표기되어 있습니다.
　ISBN　979-11-7048-541-4 (03810)

이욱 에세이

단독보도

보도의 진실성, 믿어주십시오

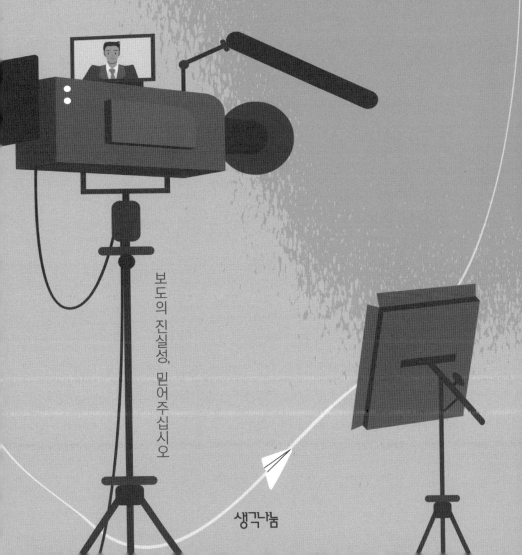

생각나눔

열려라, 참깨!

◇◆◇

"나처럼 살고 싶지 않은 사람에게 일독을 권합니다. 나처럼 살고 싶은 사람에게도 일독을 권합니다. 심심풀이 땅콩을 찾으세요? 일독을 권합니다.

읽는 게 딱 질색이다 하시는 분, 속는 셈 치고 '열려라, 참깨!' 이 부분만 읽으셔도 본전은 뽑습니다. 그런데 말입니다. 이 부분을 읽고 말지는 못하실 걸요? 만약 끝까지 읽으신다면 크게 남는 장사를 하신 겁니다. 장담합니다."

*

2019년에 딸애가 책을 냈습니다. 출판기념회를 열었습니다. 체면을 구겼습니다. 책을 낸다는 계획은 제가 먼저 했는데 말입니다. 그럼에도 불구하고 축사를 아니 할 수 없었습니다. 다른 대목은 다 잊었습니다.

이 대목만은 확실히 기억합니다.

"책을 한 권도 못 내는 사람은 있어도 한 권만 내는 사람은 없습니다. 딸애는 반드시 책을 한 권 더 내고 말 것입니다. 그래서 말씀드립니다. 다음번 출판기념회는 부녀가 같은 날, 같은 장소에서 하겠습니다."

아주 못을 박아서 말했습니다. 약간의 심술기가 발동했습니다. 책을 먼저 낸 딸애를 향한 심술이었습니다. 말을 하고 나서 후회를 했습니다. 과연 그럴 수 있을까?

기회는 제가 먼저 가졌습니다. 딸애가 자리를 깔아주었습니다. 칠순을 2, 3년 앞둔 시점이었습니다.

"아빠, 책 한 권 써봐. 출판기념회는 우리가 준비할게."

지금은 칠순잔치를 하지 않는 추세입니다. 출판기념회는 자식들이 결론을 내린 훌륭한 아이디어였습니다. 그들 입장에서는 양수겸장을 둔 셈이었지요. 저도 굳이 마다할 이유가 없었습니다. 언젠가 책을 한 권 내겠다는 바람을 가졌고, 거기다가 출판기념회를 열어준다면 금상첨화가 아니겠습니까?

제 블로그엔 글이 켜켜이 쌓여있었습니다. 대충 추려도 책 두어 권은 문제없습니다. 그것은 취지에 맞지 않았습니다. 헌 집에 헌 가구를 자리만 바꿔놓고 집들이를 할 수는 없는 것입니다.

새 부대엔 새 술을 담아야 한다는 게 제 지론이었습니다. 그렇다면 새 술을 어떻게 담그지? 이리저리 머리를 굴리고 있을 때 때마침 동창들과 속초로 1박 2일 여행을 갔습니다.

서울성모병원 미화관리부 소장을 만난 것은 행운이었습니다. 미화관리부 소장은 청소부 관리가 주 업무입니다. 옳지, 저거다. 아들딸 모두 성례를 시켰으니 혼사에 걸림돌이 되지는 않을 것이다, 생각했습니다.

그것도 쉽지 않았습니다. 네가 뭐가 아쉬워서 이 짓을 하려고 하느냐, 이 거였습니다. 이거야 원, 제가 사정을 했습니다. 간신히 허락을 받았습니다.

청소부 생활은 생각보다 힘들었습니다. 성모병원에 소속된 270명 가까운 청소부 중 제가 가장 나이가 많았습니다. 나이는 그야말로 숫자에 불과했습니다. 저는 평생 근육을 사용하는 일을 많이 했습니다. 저를 힘들게 하는 것은 청소부에 대한 일반인의 인식이었습니다. 극히 일부지만 생명을 다루는 의사조차 청소부를 발바닥의 때처럼 여기는 것이었습니다. 병원 경비를 담당하는 젊은 경비원도 직렬(職列)만 다를 뿐 청소부와 비슷한 처지입니다. 이들마저 청소부를 아래로 보는 것이었습니다.

미화관리부의 관리자는 직급만 다를 뿐 동업자입니다. 이들은 청소부의 방패막이 역할을 해야 마땅합니다. 방패막이는커녕 어떻게든 일은 힘들게 시키고 정신적으로도 지치게 하기 일쑤였습니다. 그래도 소장이 친구니까 대우를 받았을 게 아닌가, 이 말씀이지요? 차차 말씀드리겠습니다.

일 년 동안의 청소부 생활에서 벗어나던 날 저는 하마터면 "압박과 설움에서 해방된 민족" 하고 「통일행진곡」의 한 구절을 부를 뻔했습니다. 군대는 제대 말년이 가장 편한데 청소부 생활은 말년이 가장 힘들었습니다. 제가 자초한 일일 수도 있습니다. 어영부영 주어진 현실과 타협하면 적당히 지낼 수도 있었습니다. 하지만 그것은 제 소신과 배치되는 일이었습니다. 저는 일부러 험로를 택한 것이 아니라 그저 소신대로 살았습니다.

이 말을 거꾸로 해석하면 호랑이 굴에 호랑이를 잡으러 들어가서 호랑이는 못 잡고 생고생만 했다는 뜻입니다. 그 생활이 여느 사람의 일상생활과 같이 평범하다면 제가 미주알고주알 씨불인들 누가 관심을 가지겠습니까?

**

쌀은 준비가 됐습니다. 앉혀서 불을 때기만 하면 밥이 지어집니다. 제동이 걸렸습니다. 쌀과 물, 솥과 불은 문제가 없습니다. 불을 때는 사람에게 문제가 생겼습니다. 불을 한두 번 때지 않았습니다. 시행착오가 있었지만 이제 삼층밥을 지을 시기는 벗어났습니다. 그런데 왜?

연습 게임 때는 펄펄 날던 사람이 본 게임에 가서는 죽을 쑤는 사람이 있습니다. 분명히 문제가 있습니다. 이전에 어떤 경기에서 자신의 실수가 아니었음에도 감독에게 찍혀서 호되게 당했다면, 그 망령은 중요한 경기에서 반드시 되살아납니다.

초등학교 5학년 때 작문 숙제를 해갔습니다. 베꼈다고 선생님에게 호되게 당했습니다. 베꼈는지 아닌지는 제가 가장 잘 압니다. 선생님이 판단할 일이 아닙니다. 판단을 하려면 근거를 제시해야 합니다. 선생님은 근거도 없이 일방적으로 꾸짖었습니다.

남의 글을 베낀다는 것, 도둑질입니다. 도둑질을 하는 사람은 도둑놈입니다. 아무렇지도 않을 수 있습니까? 아무렇지도 않다면 진짜 도둑놈입니다. 작가가 꿈이었습니다. 그 후로 작가고 나발이고 곁불도 쬐지 않았습니다. 붓을 들자마자 붓을 꺾었다는, 비운의 사나이가 저였습니다.

꺼진 불이 살아난지도 모르는 사이 연기가 피어났습니다. 우연한 일이었습니다. 40대 중반을 넘어 제가 꾸지람을 듣던, 도둑놈으로 지목되던 그 현장 목격자들과 재회를 했습니다. 어쩌다가 제가 회장을 맡게 되었습니다.

서른 명도 안 되는 병아리 한배같이 자라던 친구들이었습니다. 쉰도 안 된 나이에 여섯 명이 먼저 떠났습니다. 다음은 누구 차례일까, 불안에 떨었습니다. 불안을 걷어낼 무슨 좋은 방법이 없을까?

회갑을 한날한시에 같이하자고 약속했습니다. 물론 한 사람도 이탈해서는 안 된다는 전제였습니다. 말로 성립될 일은 아니지만, 말이라도 안 하는 것보다 낫지 않겠습니까. 그리고 다달이 편지를 썼습니다.

편지가 구닥다리라고요? 아닙니다. 열 번의 통화보다 한 통의 편지가 더 힘을 발휘한다는 걸 저는 실감했습니다. 특히 여자들은 잃어버린 자식을 찾은 듯이 결혼 이후 아무도 불러주지 않는 이름을 찾았다며 좋아했습니다.

매달 정기적으로 편지를 쓴다는 게 쉬운 일은 아닙니다. 밑천이 달리기도 하고 솔직히 봉투 하나에도 손이 몇 번 갑니다. 그래도 이달에는 내가 일등으로 받았다 하고 신나 하는 목소리를 들으면 저도 절로 신이 났습니다.

십 년이 지나자 마침내 회갑 날이 다가왔습니다. 기도한 대로 한 사람도 먼저 간 사람이 없었습니다. 모교 운동장은 시끌벅적했습니다. 옛 은사, 마을 어르신들, 선후배 동문들을 초대했습니다. 지역의 최대 일간지는 다음 날 마을이 생긴 이래 최대 인파가 운집했다고 보도했습니다.

저는 그걸로 충분히 배가 찼습니다. 그런데 지금까지 먹은 것보다 훨씬 구미가 당기는 선물을 받지 않았겠습니까? 먹고는 싶어도 그 자리에서는 배가 터질까 싶어 먹지 못하고 보따리에 싸서 집으로 들고 왔습니다.

선물이란? 제가 지난 십 년 동안 보낸 편지였습니다. 제 돈 주고 제 떡 사 먹는 격이었지만, 그걸 귀하게 여긴 것은 저는 써서 부치기만 했지 보관은 하지 않았다는 것, 더 놀라운 것은 그 내용이었습니다.

내용? 지난 일을 상기시켜 주어서? 아닙니다. 스크랩북에 순서대로 정리된 편지를 남의 편지 읽듯이 읽었습니다. 정말 놀라운 사실을 발견했습니다. 십 년 전의 편지와 십 년 후의 편지는 달라도 많이 달랐습니다. 마치 다른 사람이 쓴 것처럼.

십 년 동안 편지를 쓰면서 저는 우쭐했습니다. 나는 희생자요 너희는 수혜자라 하는, 그런 마음이었습니다. 하지만 되돌려 받은 편지는 저로 하여금 통절한 반성을 하도록 일깨웠습니다.

제가 수혜자였습니다. 십 년 동안 알게 모르게 글솜씨가 늘었습니다. 사용하는 단어, 문장 구성력이 딴 사람이라고 해도 곧이들을 만큼 확달라졌습니다. 그뿐만 아니라 친구들은 저를 오십 년 전 작가를 꿈꾸던 시절로 돌려놨습니다. 되로 주고 말로 받았습니다.

2023년이면 30년째 편지를 쓰게 됩니다. 그동안 문학동아리에도 참석하고 지역 백일장에서 상도 받았습니다. 제가 다니는 성당 신부님은 저를 작가라고 부르시며 성당 소식지 편집을 맡겼습니다. 블로그에 글도 수백 개 올렸습니다.

그런데 말입니다. 막상 책을 쓰려고 마음을 먹자 어깨에 힘이 들어가는 것입니다. 베꼈다는 말을 들었을 때 다시는 글을 쓰지 않겠다고, 마음속에 꼬깃꼬깃 접어두었던 그 맹세도 부스스 잠에서 깨어나는 것입니다.

저는 지금 저와 맞짱을 뜨고 있습니다. 상대가 남이 아니라는 것이 더 버겁습니다. 싸움은 질질 끌었습니다. 칠순도 지나갔습니다. 이제는 명분마저 사라져 더 질질 끌었습니다. 그러는 사이 딸애가 책을 냈습니다. 오기가 발동했습니다. 그래서 질렀습니다.

"책을 한 권도 못 내는 사람은 있어도 한 권만 내는 사람은 없습니다. 딸애는 반드시 책을 한 권 더 내고 말 것입니다. 그래서 말씀드립니다. 다음번 출판기념회는 부녀가 같은 날 같은 장소에서 하겠습니다."

와인은 오래 묵을수록 값이 나간다지요? 값이 나간다는 말은 맛과 향이 좋다는 뜻 아니겠습니까. 제 글도 오래 묵었습니다. 기대해 주십시오. 잘 밀봉해 두었으니까 곰팡내는 나지 않을 것입니다.

오래 수다를 떨어 죄송합니다. 말이 많으면 쓸 말이 적다는데 여러분이 판단해 주시기 바랍니다. 감사합니다.

2022. 12.

제2부
살려거든 나처럼 101

제3부
호랑이 잡으려면 굴에 들어가야   179

제1부

실낙원

(나처럼 살지 말라)

어떤 대형 사고가 발생하기 전에는 같은 원인으로
수십 차례의 경미한 사고와 수백 번의 징후가 반드시 나타난다.

– 하인리히의 법칙 –

'베꼈제?' 선생님

*

　　"베꼈제?" 마른하늘에 날벼락이었다. 닥치는 대로 읽었고, 좋은 글을 만나면 감동을 받았다. 이담에 나도 좋은 글을 써서 남을 감동시켜야지. 야무진 꿈을 키웠다.

　하지만 읽을 게 없었다. 교실도 없는 학교에 도서관이 있을 리 없었다. 종갓집으로서 제사가 많았던 우리 집은 아버지가 자주 제사장을 봐 오셨다. 이것저것 포장지로 사용한 신문지를 모아 글자 한 자 빼놓지 않고 읽었다. 심지어 고깃덩어리를 쌌던 피 묻은 신문지도 말려서 읽었다.

　형은 대구에서 중학교와 고등학교에 다녔다. 해마다 형이 가져오는 교지(校誌)는 형보다 내가 더 좋아했다. 교지에는 학생들이 쓴 글, 선생님들이 쓴 글이 고루 실려있고, 시, 수필 등 온갖 잡동사니 글들이

망라돼 있었다. 골고루 맛을 볼 수 있고, 나도 쓸 수 있다는 용기를 북돋워 주어서 좋았다.

기회가 왔다. 초등학교 5학년 때였다. 어린이날 즈음해서 선생님이 글짓기 숙제를 내주셨다. 그때쯤이면 우리들은 수업이 끝나기 바쁘게 집으로 달려가 책보자기 대신 꼴망태를 어깨에 메고 온 들판을 싸질러 다녔다. 농사철을 앞둔 시기 소를 사람보다 더 대접했다.

들은 좁고 꼴을 뜯는 아이들은 많았다. 봄풀이 쑥쑥 자란다고는 하나 공급이 수요를 따르지 못했다. 아이들은 눈이 벌게져서 꼴을 찾으러 다녔다. 빈 망태를 메고 가면 밥을 굶으라고 할 게 뻔했다.

나는 좀 별난 아이였다. 다른 아이들 뒤를 쫓지 않고 따로 떨어져서 외진 데를 찾아다녔다. 외진 곳 중 하나가 애장 터였다. 옛날에는 아기가 죽으면 한곳에다 묻었다. 마치 올록볼록한 빨간 종이 딱총화약처럼 애장 터는 작은 무덤이 즐비했다.

아이들은 그곳을 싫어했다. 애장 터에도 풀은 자라고 아무도 뜯어가지 않아 꼴망태를 한가득 채우긴 식은 죽 먹기였다. 풀이 부족하면 아카시 햇순도 잘라 넣었다.

나는 다음 날도 다다음 날도 애장 터에 갔다. 놀라운 사실을 발견했다. 풀은 더디 자라는데 아카시 햇순은 하루가 다르게 자라는 것이었다.

아카시 햇순을 보면서 느끼는 게 있었다. 아이들도 아카시 햇순처럼 쑥쑥 자라면 얼마나 좋을까. 그때는 못 먹어서 자라지 못했다. 나 역시 키가 좀 더 자랐으면 하는 게 소원이었다. 그 소원을 담아 동시를 하나 지었다.

손으로는 꼴을 뜯고 머리로는 한 구절 한 구절 시를 지었다. 마침내 한 편의 시가 지어졌다. 나는 그것을 잊어버리지 않게 외고 또 외웠다. 건너다 까먹을까 봐 도랑도 피했다. 그리고 집에 돌아와 꼴망태를 벗어 던지고 공책에 옮겨 적었다.

* *

공책을 돌려받는 날이었다. 한 사람씩 불려 나가서는 공책을 받아서 제자리로 돌아왔다. 아이들 이름 부르는 소리와 아이들 발자국 소리 외에 조용했다. 다음은 내 차례였다. 선생님은 의자에 앉은 채 나를 쳐다보았다. 표정이 심상치 않았다.

"베꼈제?"

마른하늘에 날벼락이었다. 선생님은 벼르고 있었다는 듯이 평소보다 한 옥타브 높은 소리를 질렀다. 너무나 뜻밖의 상황이라 나는 어찌할 바를 모르고 멍하니 서 있었다. 다음 순간 선생님은 공책으로 가슴팍을 찌를 듯이 불쑥 내밀었다.

순식간에 일어난 일이었다. 나는 어떻게 자리로 돌아왔는지 방금 무슨 상황이 벌어졌는지 기억할 수 없었다. 다만 '베꼈제?' 하는 소리가 끝도 없이 귓가를 맴돌았다.

바다에서 낚시 대회가 열렸다. 누가 큰 고기를 낚는지 겨루는 대회였다. 저마다 거센 파도와 싸우면서 큰 고기를 낚기에 여념이 없었다.

제한된 시간이 지나고 심사가 진행되었다. 다 고만고만했으나 그중에 한 사람의 고기가 유난히 눈에 띄었다. 모두들 그 고기에 주목하고, 고기의 임자가 틀림없이 우승 트로피를 차지할 것이라고 확신했다. 심사 결과는 의외였다. 큰 고기의 임자는 탈락하고 다른 사람이 트로피를 차지했다. 다들 의아해서 이의를 제기했다. 심사위원장의 해명은 이러했다.

"저 물고기는 이 바다에서 잡은 게 아닙니다."

"이 바다에서 잡지 않았다니요?"

"시장에서 사 온 게 틀림없습니다."

아무런 증거도 제시하지 않고 이런 말을 들었다면 사투 끝에 큰 물고기를 잡은 사람은 얼마나 황당할까.

베끼는 것은 도둑질이다. 도둑질한 사람은 도둑놈이다. 이 너무나 명백한 논리가 선생님의 입에서 나온 이상 증거는 설 자리를 잃는다. 우리는 한글을 떼기도 전에 스승의 그림자는 밟아서 안 되며, 한자를 익히기도 전에 군사부일체(君師父一体)를 배웠다.

억울했지만 도리가 없었다. 내가 할 수 있는 것은 '나는 다시는 글을 쓰지 않는다. 다시 글을 쓰면 손가락에 장을 지진다.' 하고 굳게 다짐하는 것이 전부였다.

나는 그 다짐대로 대학도 적성과 다른 학과를 선택했다. 비극의 시작이었다.

2
사라진 기회

　5학년, 열두 살. 나는 이 한 해를 지우고 싶다. 봄에는 선생님으로부터 말 폭격을 당했고, 가을에는 누나의 죽음으로 온 집안이 쑥대밭이 됐다. 나는 너무나 어처구니없는 두 사건의 틈바구니에서 방향을 잃었다.

　누나는 추수를 눈앞에 두고 죽었다. 추수가 끝나면 신행을 갈 예정이었다. 추수고 뭐고 다 내팽개치고 아버지와 어머니는 사랑방과 안방을 각각 차지하고서 밤낮 울음으로 지샜다. 다른 집들은 강아지까지 집을 비우고 온통 들에서 살다시피 했다.

　그래도 집안에서 중심을 잡을 수 있는 사람은 형밖에 없었다. 형도 사실은 고3이라 제 앞가림하기에도 시간이 없었다. 하지만 더 급한 것은 다 된 곡식을 걷어 들이는 것이었다.

벼를 베기 시작했다. 형이 앞장을 서고 내가 뒤를 따랐다. 손가락 마디마디 물집이 잡혔다. 허리가 끊어지게 아팠다. 다른 집들보다 많이 늦었으므로 아파도 참아야 했다. 며칠이 지나서야 아버지가 들에 나오시고 어머니는 밥을 해 나르셨다.

형은 훗날 『제자가 만든 스승』이라는 자서전적 저서에서 당시 상황을 이렇게 묘사했다.

"부모님에게 더 이상 불행한 사태는 없도록 해야 되겠다는 생각으로 우선 나부터 가을걷이에 매달렸어요. 그러자 당시 초등학교 5학년이던 둘째 동생이 사태의 심각함을 알아차리고 나를 따라다니며 열심히 일했어요. 그 당시는 현대식 농기구가 보급되지 않아 벼는 모두 낫으로 베어야 했고 그걸 묶어 집으로 운반하는 것은 전부 지게로 져 날라야 했어요. 어린 동생과 같이 결석하면서 일하는 모습을 보시고 아버지께서 같이 일을 했는데 가을걷이와 타작에 이어 보리갈이까지 다 마치고 학교에 나가니 어느덧 11월 하순이 되었어요."

거의 두 달 만에 학교에 나갔다. 누나가 죽던 날은 일요일인 데다 오리 당번이었다. 돌 지난 동생을 업고 학교에 갔다. 당번은 둘씩 돌아가면서 맡게 되었는데 다른 한 친구는 나오지 않았다. 나마저 빠졌으면 어쩔 뻔했나 생각하고 먹이를 듬뿍 주고 집으로 돌아왔다.

그날 이후 처음 등교했다. 내가 번지수를 잘못 찾았나 싶었다. 곰배라는 별명을 가진 친구가 있었다. 뒤통수가 불거져 붙은 별명이다. 곰배는 사라지고 다들 "가분수, 가분수!" 하고 부르는 것이었다.

한창 배울 나이에 두 달은 길었다. 분모보다 분자가 큰 숫자가 가분수다. 머리통이 큰 친구에게 알맞은 별명이다. 벌써 진도가 거기까지 나간 것이었다.

그렇게 긴 시간 내 자리는 비어있었다. 선생님은 궁금하지 않았을까? 같은 마을 친구들을 통해 무슨 일이 있었는지는 들었을 수 있다. 그래도 궁금하지 않았을까? 그런 일로 두 달씩이나 결석을 하다니.

선생님은 오랜만에 나타난 나를 보고서도 아무 말이 없었다. '너 왔니?' 이 말 한마디는 할 수 있지 않았을까.

내가 벼를 베고 있을 때, 아니면 볏단을 져 들이고 있을 때 선생님이 불쑥 찾아와 '너 참 고생이 많구나.' 이 말 한마디만 했어도 봄에 있었던 일은 싹 잊을 수 있었을 것이다. '그래, 부모님 잘 도와드리고 어서 학교에 나와라.' 이랬으면 더 고마웠을 것이다.

기회는 또 있었다. 두 달 만에 학교에 나타나던 날, '너 왔구나. 고생이 많았지?' 이 말 한마디만 했어도 그동안에 안 좋았던 기억은 연기처럼 사라질 수 있었다.

선생님은 두 번의 기회를 놓쳤다. 응어리는 오래 갈 수밖에 없었다.

3
죽음보다 무서운 것

*

　　　　　　팔남매는 두 살 아니면 세 살 터울이다. 나와
아래 동생만 여섯 살 터울이다. 왜 여섯 살이나 터울이 지는지 나는
안다.

　겨울이었다. 싸락눈이 내리는 날이었다. 아버지가 포대기에 싼 동생
을 안고 급히 사립문을 빠져나갔다. 마당에 아버지의 발자국이 남아있
어서 그날 눈이 내렸던 것으로 기억하고 있다.

　아버지는 동생을 안고 어디에 가셨을까? 그것을 나는 모른다. 내가
아는 것은 그날 이후 동생을 볼 수 없었다는 사실이다. "칠아, 칠아."
하고 불렀던 동생을 다시 부르는 일도 없었다.

　이것이 죽음에 대한 나의 첫 번째 기억이다. 있었으나 없는 것, 그것

이 죽음이었다. 그러니까 그 죽음은 구체적이 아니고 추상적이었다. 감정이 개입할 여지도 없었다.

그러나 죽음에 대한 두 번째 기억은 매우 구체적이다. 내 몸에서 일어났기 때문이다.

우리는 여름이면 산에다 소를 풀어놓고 저수지에서 멱을 감으며 시간을 보냈다. 나는 헤엄을 치지 못했다. 다른 아이들이 헤엄을 쳐서 저수지를 가로지를 때 나는 잠자리를 쫓든가 우렁이를 잡았다.

우렁이는 저수지 바닥에서 풀을 먹고 자라고 저수지 바닥의 풀은 매우 미끄럽다. 조금만 경사가 져도 깊은 데로 미끄러져 들어간다. 더욱이 아이들이 물장구를 치면 출렁거리는 물이 떠미는 역할을 한다.

걷잡을 수 없이 떠밀려 들어갔다. 목이 잠기고 입과 코, 눈이 차례로 물에 잠겼다. 숨을 쉴 수 없었다. 빠져나오려고 하면 할수록 깊은 데로 들어갔다. '아, 이제 죽는구나.' 생각이 들었다. 아버지 어머니의 모습이 떠올랐다 사라졌다. 형제들 얼굴도 떠올랐다 사라졌다.

사라지는 것들을 잡으려고 몸부림을 쳤다. 손에 무엇이 잡혔다. 당겼다. 몸이 움직였다. 머리가 물 밖으로 나왔다.

기다시피 저수지 둑 위에 올라가 축 늘어졌다. 꿈일까 생시일까 정신이 오락가락했다. 길어야 1분 이내일 것이었다. 왜 그 시간이 그렇게 길게 느껴졌을까. 죽음에 대한 두 번째 기억은 그랬다.

누나의 죽음은 또 다른 기억으로 남아있다. 누나는 흔히 하는 말로 법 없이도 살 사람이었다. 누나의 그런 마음 때문인지 살림이 넉넉한 좋은 집안으로 시집을 갔다.

그때는 신랑이 신부 집에 와서 혼례를 치르면 신랑은 신방을 치른 뒤 신부를 두고 혼자 본가로 돌아갔다. 신부는 친정에 머물면서 살림을 더 배운 다음 일 년쯤 후에 시집에 들어갔다. 이것이 신행이다.

혼례를 치른 다음 해 누나가 무슨 일 때문이지 대구에 갔다. 착해 빠진 누나는 거기서 야바위꾼에게 결혼 예물로 받은 반지를 빼앗겼다. 아마 야바위꾼이 잘만 보면 반지 하나가 두 개가 될 수 있다고 홀렸을 것이었다.

그날부터 어머니는 누나를 구박하기 시작했다. 어머니가 그러시는 것도 일변 이해가 안 가는 것은 아니었다. 혼례 때만 해도 약간의 빚을 졌다. 이다음에 신행을 보낼 때 반지 없는 손으로 보낼 수 없고 보면 화가 나실 만도 했다.

그래도 그렇지 구박은 내가 듣기에도 심하다 싶었다. 아무려면 반지보다 사람이 중하지 않은가. 밤낮 들볶이자 누나의 그 선한 얼굴은 수심으로 가득하고, 곧 무슨 일이 일어날 것만 같은 예감이 들었다.

아니나 다를까 누나는 자리에 눕고 말았다. 걱정에 병이 덮쳤다. 무슨 병인지도 몰랐다. 누나는 그 성격 탓에 끙끙 앓는 소리도 없이 한여름에도 이불을 둘러쓰고 누워있었다.

그러자 어머니는 위중함을 느끼셨는지 여기저기 물어서 이름도 알 수 없는 약을 달여 억지로 누나의 입에 떠 넣었다. 차도는 없었다. 급기야 생기다만 아이를 사산했다. 그때라도 큰 병원에 데려갔더라면….

아랫마을 돌팔이를 불러왔다. 군에서 의무병으로 있었는지 어쨌는지, 돌팔이가 주사를 놓고 간 후 얼마 되지 않아 누나는 숨을 거두었다.

＊ ＊

누나는 아주 조용히 숨을 거두었다. 죽은 사람은 말이 없고 더 소란스러운 사람은 어머니였다. 죽음에 대한 이런저런 기억은 있지만 죽음을 내 눈으로 확인하기는 처음이었다. 한데 그 죽음이라는 게 별 게 아니었다. 수면의 연장일 뿐이었다.

정작 문제가 되는 것은 죽음 그 이후였다. 물론 죽은 사람은 말이 없다. 산 사람이 더 문제다. 어머니는 누나가 살았을 때는 더 구박을 못해 안달이셨다. 그렇다면 죽고 나면 속이 후련해야 하지 않나.

누나는 꽃가마 대신 영구차를 타고 시집으로 갔다. 그러자 어머니는 죽었다고 생떼, 생떼를 쓰셨다. 구박할 대상이 없어져서? 정말 자식의 죽음이 안타까워서? 자식의 죽음이 안타깝지 않을 리 없겠지만 내가 보기엔 구박할 대상이 없어져서 그러시는 것 같았다.

어머니는 한동안 식구들 밥도 챙기지 않으셨다. 형과 내가 들에 나갈 때는 밥과 반찬을 대충 싸 들고 나가서 먹고 일했다. 그래도 들에 있으면 몸은 힘들어도 마음은 편했다. 집에 돌아오면 밤낮 흐느끼는 그 소리, 소리…. 자다가 깨도 그 소리, 소리….

그해 마당 건너 담 밑에는 해바라기 여섯 포기가 심겨있었다. 해바라기는 담보다 컸다. 가을이 되자 포기마다 세숫대야만 한 꽃이 피었다.

어머니는 그 해바라기를 못마땅해하셨다. 해바라기는 해바라기답게 해를 잘 따라다녔다. 그런데 무엇이 못마땅하다는 것일까? 바로 해를 따라다니는 그 때문이었다.

우리 집 안채는 서향이다. 당연히 저녁에는 해바라기가 안채를 등지고 서있게 된다. 그런데 고개를 언제 돌렸는지 아침에는 안방을 마주보고 서있는 것이다. 어머니는 해바라기가 밤새 안방을 염탐한다고 생각하셨다. 안방은 누나가 몸져누웠던 방이다.

어머니는 그예 해바라기를 불에 태워 없애버리겠다고 마음을 정하고 낫을 들으셨다. 어머니는 이성을 잃으신 것 같았다. 내가 그 낫을 빼앗아 내 손으로 해바라기를 처단했다. 한 포기 한 포기 밑동을 베어 토막 낸 뒤 아궁이에 처넣고 불을 질렀다. 화형에 처한 셈이었다. 씨앗이 타닥타닥 튀는 소리를 지금도 기억하고 있다.

그 후로 어머니는 좀 잠잠해지셨다. 하지만 가끔은 흐느끼는 소리에 자다 깨곤 했다. 지긋지긋한 어머니의 울음소리, 65년이 지났지만 여전히 그 소리는 나를 괴롭힌다. TV에서 흐느끼는 장면이 나오면 채널을 돌리거나 꺼버리지 않고는 배기지 못한다.

4

왜 또 나야!

*

초등학교 5학년은 참혹했다. 학교에서도, 집에 서도 정 붙일 곳이 없었다. 지우고 싶은 해, 해가 바뀌면 좀 나을까 기 대 속에 6학년을 맞이했다. 나는 가장 먼저 어떤 선생님을 만나게 될지 그게 가장 궁금했다. 가슴을 두근거리며 첫 시간을 맞이했다. 선생님은 미끈하고 단단해 보이는 체격에 이마가 약간 불거지고 얼굴은 다소 까 무잡잡한 편이었다. 깐깐? 글쎄…. 일단 시간을 두고 지켜보기로 했다.

첫 시간 수업은 교과서를 덮어둔 채 진행했다. 이야기라면 사족을 못 쓰는 나지만 서두에 어려운 이야기에 당황했다.

19세기 중반 일본에서 활동한 미국의 교육자 윌리엄 클라크 이야기였다. 그는 매사추세츠 주립 농과 대학 학장을 역임했으며, 일본 정부의 초청을 받고 삿포로 농업학교(현 홋카이도 대학)의 교장에 취임했다.

그때는 일본도 매우 뒤떨어진 농사를 지었다. 더욱이 삿포로는 토질과 기후가 농업에 적합하지도 않았고, 학생들도 공부에 열의가 없었다. 하지만 클라크 박사는 온 정성을 다 바쳐 학생들을 일깨우고 앞선 농업 기술을 전파했다.

클라크 박사에게 본국으로 돌아가야 할 사정이 생겼다. 학생들이나 삿포로의 주민 누구도 박사를 놓치고 싶지 않았다. 클라크 박사 역시 훌쩍 떠나고 싶은 마음이 없었다. 그가 마지막으로 학생들 앞에 섰다. 석별의 정, 당부에 말을 전한 뒤 이 말을 남겼다.

"Boys be Ambitious!(소년들이여, 야망을 가져라!)"

클라크 박사는 모든 과목을 영어로 가르치게 했다. 언어가 선진화되어야 정신도, 행동도 선진화될 거라고 믿었던 것 같다. 어쨌든 그의 마지막 이 말은 학생들의 가슴을 뜨겁게 했으며, 그 학생 중에서 훗날 일본을 다스리는 훌륭한 지도자가 많이 탄생했다.

선생님은 산등성이 하나 너머 동명초등학교(칠곡)에서 전근해 오셨다. 그 당시 동명초등학교는 우리 학교에 비할 바가 아니었다. 역사도 깊고 학생 수도 많았다. 우리 반은 기껏 30명이 채 되지 않았다.

실망이 크실 만도 한데 전혀 그런 기색이 없이 마치 본인이 클라크 박사인 양 열변을 토하셨다. 나는 적이 안심했다. 이런 선생님이면 믿어도 될 것 같았다.

선생님의 수업은 박력이 넘쳤다. 일 년 내내 지치지도 않았다. 가을이 되자 선생님은 입시 위주로 수업을 진행했다. 입시가 뭔지도 모르고 선생님을 좋아갔다. 12월이 되었다. 선생님은 겨울방학을 반납했다.

아침에 등교할 때마다 양초 한 자루씩을 가져갔다. 하루 종일 수업이 끝나고 저녁이 되면 양초에 불을 밝혔다. 양초가 다 닳을 때까지 문제집을 풀고 정답풀이를 했다. 누구 한 사람 싫증을 내는 사람이 없었다.

솔직히 우리 중에 중학교에 진학할 사람은 몇 되지도 않았다. 도시로 나가야 시험이라도 볼 텐데 도시로 진학을 꿈꾸는 사람도 없었다. 그래도 마다치 않고 배웠다. 아마도 진학을 못 하기에 더 열심히 배웠던 것 같다. 나 역시도.

* *

해가 바뀌었다. 졸업식이 마지막 학사 일정이었다. 졸업을 앞두고 산등성이 하나 너머 송림사로 하루 나들이 소풍을 갔다. 송림사는 선생님이 전에 계시던 학교에서 가까웠다.

목을 휘감는 바람은 아직 차가웠다. 떠나기에 앞서 선생님은 우리들에게 막걸리 한 사발씩을 안겼다. 우리는 쭈뼛쭈뼛했다. 비록 선생님이 권하시긴 해도 술을 마시기는 어린 데다 선생님 앞이라 더 어려웠다.

"어서들 마셔. 안 마시면 이따 후회하게 될 거야."

우리는 돌아서서 홀짝홀짝 잔을 비웠다. 모두들 잔을 비운 뒤 선생님을 따라 산등성이를 넘었다. 아닌 게 아니라 산등성이는 바람이 더 심한데도 마치 봄바람같이 느껴지는 것이었다. 나는 선생님의 모습을 보면서 클라크 박사를 상상했다.

지난 일 년은 아름다운 시간이었다. 한데 마지막 며칠이 1년의 아름다운 시간에 먹칠을 하고 말았다.

어느 날 한 친구가 나직이 말했다.

"교무실 앞을 지나오는데 분위기가 이상해. 슬쩍 들여다봤지. 담임 선생님이 교장 선생님 앞에서 벌서듯이 서있었어."

"설마."

아무리 그래도 선생님이 벌을 서는 건 곧이들리지 않았다.

졸업식 예행연습을 하는 날이었다. 담임 선생님이 조용히 나를 불러 뜻밖의 말을 했다.

"너 말이야, 이따 상장을 받는 연습을 할 텐데…. (사이) 상장을 받는 연습을 할 텐데 'OOO'라고 이름을 부르면 네가 '예!' 하고 대답을 하란 말이야. 그리고 앞으로 나가서 상장을 받아서 자리로 돌아오는 거야. 무슨 말인지 알겠지? 꼭 그렇게 해야 돼!"

무슨 영문인지 몰랐다. 선생님이 하신 말씀이니까 일단 대답은 했다. 연습에 들어가서도 선생님이 시키는 대로 했다. 왜 그래야 하는지도 모르고.

사태의 전말은 이랬다. OOO는 아버지가 없었다. 할아버지가 아버지의 몫을 했다. 수시로 학교에 찾아와 담임 선생님을 만나고 갔다. 빈손으로 오는 법이 없었다. 필터가 달린 최고급 담배 아리랑을 보루째 담임 선생님에게 선물했다. 그런 일이 자주 있었다.

졸업식 당일에도 나는 ○○○을 대신해 상장과 상품을 받았다. 그것을 본인에게 돌려주지 않고 집으로 가져왔다. 왜 이런 기이한 현상이 벌어졌을까? 두루마기 바람이 일으킨 해프닝은 분명한데 진행이 매끄럽지 못했다.

그럴 수밖에 없었다. ○○○은 우등상을 받기엔 성적이 미치지 못했다. 우등상 외에 상장은 두 개가 있었다. 하나는 교육감상, 또 하나는 교육회장상이었다. 교육감상 수상자는 일찌감치 정해져 있었다. 6년 내리 1등을 맡아놓고 한 친구가 차지했다.

하나가 남았다. 나는 내리 2등을 했다. 나를 제쳐두고 남은 하나를 ○○○에게 돌렸다. 그래야 그 할아버지의 성의에 보답할 수 있었다.

다 좋다 이거다. 그러면 내가 알지 못하게 할 것이지 상장을 대신 받는 어처구니없는 일을 왜 벌였을까? 그 의문을 훨씬 훗날 어른이 돼서 풀었다. 그 상장은 학교에서 임의로 발행할 수 없고 체면상 다시 교육청에 주문할 수도 없었던 것이었다.

그래서 하는 말이다. 그렇다면 ○○○에게 곱게 줘버릴 것이지 애먼 사람에게 상처를 입히느냐 하는 것이다. 상장 대장에는 ○○○의 이름이 버젓이 기록돼 있을 텐데 내가 그것을 받은들 무슨 실익이 있느냐 하는 것이다. ○○○은 또 어떻고.

얼토당토않은 해프닝의 가장 큰 피해자는 나였다. 아니 선생님인지도 모르겠다. 아니, 아니 클라크 박사인지도.

5
의인 한 사람

*

　　초등학교 6년을 떠올리면 아픈 기억밖에 없다. 농사로 치면 헛농사였다. 4학년까지는 교실이 없어 떠돌이 생활을 했다. 말하자면 머슴살이였다.

　5학년이 되어 가건물에 입주했다. 초가삼간 오막살이라도 마음만 맞으면 대궐 못지않게 살 수 있다. 한데 찢기고 할퀸 기억밖에 없다. 왜 선생님 노릇을 못할까. 공자 같은 분을 바라지도 않았다.

　왜 선생님은 몇 안 되는 학생들 마음을 헤아리지 못했을까. 이놈은 이런 점이 좋고 저놈은 공부는 못해도 저런 점이 좋아. 학생 수가 많으면 다 모를 수도 있다. 병아리 한배에 불과한 아이들 마음을 다 헤아릴 수 없단 말인가.

이런 예도 있었다. 시인 정호승은 대구 계성중학교에 다니던 시절 선생님의 눈에 띄었다. 글짓기 숙제로 시를 한 편 써냈다. 선생님이 말씀하셨다.

"너는 장차 시인이 되면 좋겠구나."

짧은 한마디였다. 그 한마디가 정호승을 시인으로 만들었다. 소설가 신경숙은 낮에는 구로공단에서 일하고 밤에는 산업체 부설학교에 다녔다. 신경숙은 부기(簿記) 과목이 죽어도 싫었다. 학교에 나가지 않았다.

담임 선생님이 집으로 찾아왔다. 원룸처럼 생긴 게딱지 방이었을 게다.

"부기가 싫으면 배우지 않아도 되니까 학교는 나와. 대신 반성문을 제출하도록."

신경숙은 만리장성으로 반성문을 써서 선생님에게 제출했다. 대학노트 거의 절반에 이르는 양이었다. 반성문을 읽은 선생님이 신경숙에게 일렀다.

"너는 소설가가 될 글재주를 가졌구나. 열심히 해봐."

선생님은 신경숙에게 책 한 권을 주면서 베껴 써보라고 했다. 선생님이 건네준 책은 조세희의 『난장이가 쏘아올린 작은 공』이었다. 신경숙은 그 책을 베껴 쓰면서 소설가의 꿈을 키웠다. 그리고 훗날 『엄마를 부탁해』와 같은 좋은 작품으로 이름을 날렸다.

나는 왜 그런 선생님을 만나지 못했을까? 그런 선생님을 만나지 못한 건 둘째 치고 힘들게만 하지 않아도 좋았을 것 같았다.

억울했다. 남자 복 없는 여자가 팔자 타령하듯 '나는 왜 이러지?' 하고 한탄했다. 그때 반짝 떠오르는 한 분이 있었다. 그분은 바로 6학년 때 담임 선생님을 벌 세웠다고 하는 교장 선생님이시다.

* *

교장 선생님은 조회시간 외에 만날 기회가 거의 없다. 그런데 그날은 무슨 일 때문인지 담임 선생님이 자리를 비웠다. 교장 선생님이 이른바 '땜빵' 수업을 하러 교실에 들어오셨다. 학생들은 모두 조용했다.

교장 선생님은 들오시자마자 칠판에 커다란 글씨로 이렇게 쓰셨다.

"南山有田邊土落, 北林有鳩鳥先飛"

"누구 읽어볼 사람?"

아무도 손을 들지 않았다. 한자를 괄호 안에 집어넣고 배우던 때였다. 절반은 배우지 않은 글자였다. 교장 선생님이 한 자 한 자 짚으며 읽으셨다.

"남산에 유전하니 변토락이요, 북림에 유구하니 조선비라."

읽기를 마치고 그것은 더 이상 소용없다는 듯 돌아서서 이야기를 시작했다. 교장 선생님은 입담이 구수해 당장 이야기 속으로 빨려 들어갔다.

"옛날에 김 선비와 이 선비, 두 선비가 살았느니라."

둘은 둘도 없는 친구였다. 하루는 김 선비가 이 선비 집을 찾아갔다. 선비는 없고 대신 선비의 딸이 김 선비를 맞이했다.

"잠시 바람을 쐰다 하시고 나가셨습니다. 돌아오실 시간이니 우선 사랑으로 드시지요."

김 선비를 사랑채로 모신 이 선비의 딸은 잠시 후 마실 것을 내왔다. 김 선비가 딸에게 말을 걸었다.

"그대는 당년 몇이던고?"

딸은 다소곳이 고개를 숙였다. 과년한 딸이 나이를 말하는 게 부끄러운 듯했다. 잠시 후 딸의 입에서 이런 말이 나왔다.

"남산에 유전하니 변토락이요, 북림에 유구하니 조선비라 하옵니다."

교장 선생님은 다시 칠판을 향하여 돌아서서 한 자 한 자 짚어가며 뜻을 풀이했다.

"자, 머릿속으로 상상을 하면서 들어봐요. 남산(南山)에 밭[田]이 있다[有]고 했어요. 그런데 가[邊]의 흙[土]이 모두 떨어져 나갔어요[落]. 상상이 됩니까? 무엇이 남지요? 맞아요, 십(十)이 남습니다.

다음, 북쪽 숲[北林]에 비둘기[鳩]가 내려와 앉았어요[有鳩]. 한데 새[鳥]가 먼저[先] 날아갔다[飛]고 합니다. 다시 상상력을 발휘해 보세요. 뭐가 남지요? 그렇습니다. 구(九)가 남았습니다. 이제 남은 것끼리 보태 봐요. 어떤 숫자가 떠오르지요?"

"십구요."

"열아홉이요."

"맞았어요. 처녀의 나이는 열아홉이었습니다."

교장 선생님은 김 선비의 아들과 이 선비의 딸이 혼사를 맺어 잘살았다는 말로 이야기를 맺으셨다.

교장 선생님이 안 계셨더라면 초등학교 6년이 참으로 허무할 뻔했다. 교장 선생님 덕분에 나는 한자에 재미를 붙였고 훗날 또래들보다 한자를 많이 알게 되었다. 지금 이 나이에 중국어를 배우는 것도 다 그 덕분이다.

6
보릿고개 눈물고개

*

　'베꼈지?' 이 한마디에서 비롯된 다시는 글을 쓰지 않겠다는 다짐은 35년이 지나 흐지부지되었다. 편지가 발단이었다. 쓰지 않을 수 없는 사정이 생겨 10년, 20년 썼다. 사실 그때는 편지와 글쓰기는 별개인 줄 알았다.

　편지도 글쓰기의 한 부분임을 알게 되었을 때는 이미 돌아갈 수 없는 지경에 이르렀다. 돌아간댔자 이미 과거의 다짐은 허물어진 뒤였다.

　팔자려니 했다. 작가가 되겠다는 꿈은 깨졌지만 그래도 쓰다 죽겠다는 마음은 없지 않았다. 우연찮게 백미문학회라는 문학동아리를 알게 된 게 계기였다.

백미문학회는 수백 명의 회원이 현직이거나 퇴직한 교사들이었다. 당연히 문학에 관심을 가진 분들이고 대부분 등단한 작가들이었다. 독립적으로 책을 출판한 분들도 많았다.

나는 당연히 말석에서 눈치나 살피며 귀로 한두 마디 엿듣는 입장이었다. 서당 개 삼 년이면 풍월 읊는다고 했다. 나도 개보다 아주 못하지는 않았는지 동아리 문집에 한두 편 글을 올리게도 되었다.

늦게 배운 도둑이 날 새는 줄 모르듯이 아마도 카페는 가장 열심히 들락거렸던 같았다. 그래도 산 세월이 있는지라 끼적거릴 소재는 풍부했다.

이변이 생겼다. 문학회의 운영자가 내가 쓴 몇몇 글을 주목했는지 나더러 여름연수 강의를 맡아달라는 것이었다. 천지개벽할 일이었다. 전문의가 돌팔이에게 수술을 맡기다니. 이게 이변이 아니면 무엇이 이변인가.

나는 가정교사 말고 누구를 가르친 적이 없었다. 문학은 재미로 읽은 몇 권의 책 이외에 범접을 한 적이 없었다. 그런데 나더러 문학을 강의하라고? 어림 턱도 없는 초대였다.

"선생님은 충분히 하실 수 있어요. 부탁드릴게요."

운영자는 바람을 잡았다. 근데 듣고 보니 무서운 말이었다. 할 수 있는데 하지 않는다면 어떤 비난이 돌아올지 알 수 없었다.

등에 떠밀려 강단에 서기로 했다. 주어진 시간은 80분이었다. 하루에 세 마디도 하지 않는 사람에게 혼자서 80분을 떠들라니. 게다가 참가

예정 인원은 80명, 동시에 쏜다면 160개의 눈 화살이 집중될 터였다.

강의 제목을 '문학과 인생'으로 결정했다. 내가 생각해도 우습지만 제목이 너무 거창했다. 혹시 아는가. 제목으로 기선을 제압할 수 있을지.

＊＊

떨었다. 많이 떨었다. 떨리지 않았다면 거짓말이다. 우황청심환, 너만 믿는다. 심호흡을 하고 강의를 시작했다.

"초등학교를 졸업하고 바로 지겟작대기 운전수가 되었습니다. 공부, 꽤 하는 편이었습니다. 어쩔 수 없었습니다. 형이 대학생이었습니다. 우리 형편으로 둘을 가르치기는 버거웠습니다."

보리 밭고랑에 호미를 잡고 앉아있으면 까만 교복에 까만 모자를 쓰고 학교에 가는 아이들만 눈에 띄었다. 쟤들 나보다 공부 못했어. 왜 쟤들은 학교에 가고 나는 보리밭 고랑에 앉아있는 거야. 혼자 투덜거렸다.

그해 여름은 악몽이었다. 그놈의 고추가 원수였다. 고추농사가 시원찮았으면 팔 생각을 못 했을 것이었다. 동네에는 돈 한 푼이 아쉬워서 별의별 것을 다 팔러 다니는 아주머니들이 몇 있었다. 거기에 나를 딸려 보냈다.

저녁 해거름에 고추를 땄다. 신선도를 유지하려면 가능하면 늦게 따서 손질해 두어야 했다. 다섯 시에 일어났다. 새 나라의 어린이도 다섯 시는 너무 이르다. 갈 길이 멀어 어쩔 수 없었다. 저녁에 먹다 남은 국수를 강제로 욱여넣었다. 나중에 배가 쉬 꺼지든 말든 씹을 것이 없어서 시간은 단축된다.

고추를 담은 자루를 지게에 지고 집을 나섰다. 삼십 리 길도 한 걸음부터다. 아주머니들이 동구 밖에서 기다리고 있었다. 어둑어둑한 길을 앞서거니 뒤서거니 더듬어 걸어갔다.

깔딱 고개가 첫 번째 관문이다. 전체 삼십 리 길에서 반의반도 못 가서 깔딱 고개가 있다. 한 발을 올려 디딜 때마다 호흡의 빠르기가 증가한다. 왜 꼴딱 고개가 아니고 깔딱 고개인지 알 수 없다.

아주머니들은 야크가 산을 오르듯 거침이 없다. 고갯마루에서 잠시 숨을 돌리고 가면 좋으련만 아주머니들은 갈 길을 재촉한다. 야속하다. 지게를 벗어 던지고 싶다.

내리막길이라고 해서 안심해도 안 된다. 마사토가 깔린 길은 미끄럼틀이나 다름없다. 한 발 잘못 디디면 동방삭이 3년 고개에서 구르듯 굴러떨어진다.

시장에 도착했다. 장사꾼들은 헐값에 얼렁뚱땅 물건을 채가려 하고, 아주머니들도 이제는 닳을 대로 닳아 한 푼에 목숨을 걸고 덤빈다. 마침내 흥정이 이루어지고 물건과 돈이 교환된다. 나는 그저 아주머니들만 믿었다.

거래가 끝났다. 몹시 시장하다. 시장에는 먹을 것들이 즐비하다. 눈과 코가 유혹을 받아도 아주머니들은 거들떠도 보지 않는다. 야속하다 못해 원망스럽다. 그렇다고 혼자 주접을 떨기도 민망한 일이다.

대개의 경우 아주머니들은 가정에 필요한 물건을 살 목적에 시장에 더 머물러 있다. 그러면 나는 혼자 왔던 길을 되짚어 집으로 돌아간다. 해는 이미 하늘 가운데로 절반은 솟아올라 이마에 따갑게 내리쬔다.

빈 지게라 홀가분하겠다고? 홀가분한 것은 맞다. 배 속도 비어 더 홀가분하다. 허지만 홀가분하다고 유리한 것은 없다. 백지장과 동전을 던지면 어느 것이 더 멀리 가는가? 가벼우면 힘이 실리지 않는다. 우리 몸도 그렇다.

* * *

마사토가 깔린 비탈길을 오른다. 몸은 가벼워도 다리는 천근이다. 해는 점점 머리 위로 솟아오른다. 목이 마르다. 목이 마른데 땀은 어디서 솟아나는 것일까?

비탈에는 흐르는 물도 없고, 한 모금 얻어 마실 집도 없다. 아주 메말랐다. 비탈에는 나무도 없다. 그늘도 없다. 나무들 비탈에 서다? 흠, 소설에서 말하는 그 나무는 이 나무가 아니지. 내가 나무라면 모를까.

소설 속 등장인물은 하나같이 비참했다. 나도 비참했다. 이것이 열네 살 아이가 감당해야 할 일인가? 차라리 죽을 수 있다면 그게 나을 것 같았다. 오늘을 견디면 내일은 좋아질 거라는 희망도 없었다.

"문학이 별거이겠습니까. 삶을 기록한 것이 문학 아니겠습니까. 저는 하도 한이 맺혀 살아서 그런지 한이 서린 문학을 좋아합니다. 『토지』의 주인공들도 다 한이 맺혀 살았습니다. 노래도 그렇습니다. 대표적인 한의 노래가 「아리랑」입니다. 고개는 실체가 없고 어느 지역에 특정돼 있지 않아, 다시 말해서 관념 속에 존재해 있어서 더 애잔합니다."

바로 그때 한 분이 손을 들었다.

"아리랑고개가 실체가 없다니요. 잘못 알고 계십니다. 돈암동에서 정릉으로 넘어가는 고개가 바로 아리랑고개입니다."

처음 아는 사실이었다. 나는 그쪽 어디에 미아리고개가 있다는 것만 알았지 아리랑고개가 있는지는 몰랐다. 당황했다.

"아, 그렇습니까. 제가 40년을 서울에서 살았는데 헛살았나 봅니다."

"아리랑고개가 관념의 고개이듯이 보릿고개 역시 관념의 고개입니다. 우리가 눈으로 확인할 수 없지만 분명히 존재하는 고개입니다."

애초에 이렇게 말하려고 했다. 부득이 고쳐서 말하지 않을 수 없었다.

"보릿고개가 관념의 고개인 것은 확실합니다. 누가 보릿고개를 눈으로 확인한 적 있습니까? 저는 확인했습니다. 열네 살 적 고추 자루를 지고 울며 넘던 그 고개가 보릿고개였습니다. 원래 이름은 조야고개이지만 보릿고개로 명명하려고 합니다. 마침 아리랑고개도 실체가 있다고 하니 보릿고개도 그러는 것이 좋겠습니다."

집에 돌아와 아리랑고개를 인터넷으로 검색해 보았다. 1926년에 나운규(1902~1937)가 영화 「아리랑」을 정릉고개에서 찍었다. 아리랑이 영화로 상영되자 주변 상인들이 재빨리 상점 간판을 '아리랑'으로 바꿔 달았다.

아리랑은 유명세를 탔다. 택시를 타고 찾아오는 사람들이 줄을 이었고 이들은 정릉고개로 가자 하지 않고 아리랑으로 가자고 했다. 이후 서울시는 아리랑고개를 공식적으로 인정했다.

사족. 조야고개에서 영화 「보릿고개」를 촬영한다. 지게에 고추 자루 지고 넘는 열네 살 소년이 주인공이다. 무거운 함지를 머리에 인 다섯 아주머니는 조연. 카메라는 이들 여섯 명을 따라 왕복 육십 리 길을 조명한다. 그중 하이라이트는 소년 혼자 빈 지게에 허기진 배를 안고 고개를 오르는 장면.

영화가 히트를 친다. 고개 초입에 너도나도 '보릿고개' 간판을 단 음식 점을 차린다. 메뉴는 보리밥 단일 품목. 보릿고개 가자며 택시를 타는 승객들이 줄을 잇는다면 정말 가관이겠다.

7

외상 입학

*

  글을 쓰는 사람들은 항상 농촌을 멋있게 묘사한다. 종달새 노래하고 송아지가 한가롭게 풀을 뜯고 아이들은 시냇가에서 피리를 분다, 이런 식이다. 그들 눈에는 밭고랑에 앉아 김을 매는 농부들마저 평화롭게 보인다.

  현대그룹 총수 정주영은 "이봐, 해봤어?"라는 유명한 말을 남겼다. 해보지도 않고 안 된다고 하는 사람을 꼬집은 말이다. 농촌을 한가롭다, 평화롭다고 묘사하는 사람들은 농촌에서 살아보지 않은 사람이다. 농사를 지어보지 않은 사람이다. 그런 사람들에게 정주영의 말을 돌려주고 싶다.

60, 70년대 우리 농촌은 문명의 혜택을 거의 입지 못했다. 뜨거운 여름날 열네 살 아이가 군인들 단독군장 무게의 고추 자루를 지고 삼십 리 고갯길을 넘어 다녔다고 하면 지금의 열네 살은 차는 뒀다 삶아 먹느냐고 할 것이다.

나는 워낙 학교에 다닐 때도 반은 농사꾼이었다. 더욱이 누나가 죽은 후로는 물을 긷고 밥을 짓고 찌개를 끓이는 등 부엌일까지 도와야만 했다. 초등학교를 졸업하고 아버지로부터 받은 졸업 선물은 지게였다.

그해를 생각하면 지금도 이가 갈린다. 회상하기도 싫다. 틈만 나면 도망을 칠 궁리를 했다. 실제로 시도한 적이 있었다.

포장지로 사용했던 신문지에서 읽었다. 「산장의 여인」을 불러서 히트한 가수 권혜경이 좋은 일을 많이 한다는 기사가 눈에 띄었다. 옳다구나 했다. 친절하게도 주소가 나와있었다. 일찍이 조실부모하고 투의 장문의 편지를 썼다.

한 달을 기다려도 두 달을 기다려도 답이 오지 않았다. 기다림에 지친 나는 그 후 어떤 일이 있어도 산장의 여인을 부르지 않았다.

원산폭격을 하는 동안에도 국방부 시계는 돌아간다. 이듬해 봄이 되었다. 하루는 아버지께서 뒤꼍에 땅을 파서 묻은 무를 꺼내셨다. 무청을 자른 부분에 노란 싹이 손가락 길이만큼 자라고 있었다.

아버지는 싹을 떼어내고 하나하나 손으로 무게를 가늠해 본 뒤에 무거운 놈을 따로 골라 받쳐놓은 지게 올려놓으셨다. 옳아, 이건 또 내 차지가 되겠구나 생각했다.

아니나 다를까 장에 가서 팔아오라 하셨다. 그날은 읍내 오일장이었다. 삼십 리 길을 가지 않는 것만도 다행이었다.

오일장이 서는 읍내는 십 리 길이 넉넉하다. 또래들은 벌써 등교를 하고 신작로는 흰옷 입은 장꾼들만 드문드문 눈에 띄었다. 타박타박 길을 걸었다. 누구는 인삼 뿌리 먹고 누구는 무 뿌리 먹는다더니 그 말이 맞았다. 누구는 까만 모자를 쓰고 학교에 가고, 누구는 지게를 지고 장에 가고.

지게를 받치자마자 장사꾼이 덤벼들었다. 장사꾼도 아버지처럼 무를 손에 들고 무게를 가늠해 보더니 얼른 무를 가로챘다. 주는 대로 돈을 받아 주머니에 넣었다.

일찍 집에 돌아가야 그 무렵엔 할 일이 없었다. 시장을 한 바퀴 돌아보기로 했다. 우시장, 국밥집, 건어물상, 옷 가게, 신발 가게를 돌아 찻길로 방향을 잡았다. 그쪽은 상시 문을 여는 가게들이 길을 따라 늘어서 있었다.

철물점, 농기구 가게, 식당, 양복점, 화장품 가게를 지나 한 가게 앞에서 우뚝 걸음을 멈췄다. 유리창 너머 내 눈을 사로잡은 것은 중학교에 간 친구들이 폼을 잡고 쓰는 까만 모자였다. 나도 모르게 심장이 뛰었다. 며칠 전 올해 중학교에 입학한 같은 동네의 친구가 한 말이 떠올랐다.

"따라지는 따라지야. 올해도 미달이래. 지금도 가끔씩 입학생이 찾아와. 언제든지 받아준대."

그때는 이미 입학식이 지났다. 그런데 입학생을 받아준다고? 나는 지게를 벗지도 않고 유리창 문을 열어젖힌 다음 가게 안으로 성큼 들어섰다.

* *

가슴이 새가슴처럼 콩닥거렸다. 집에 돌아와 모자를, 그렇게 선망했던 까만 모자를 식구들 눈에 띄지 않는 곳에 숨겨 두었다. 다행히 남은 돈을 아버지께 드렸으나 별말씀이 없으셨다. 하지만 이 생각 저 생각에 잠을 제대로 이루지 못했다.

다음 날 아침밥을 먹자마자 숨겨 둔 모자를 꺼내 품에 안고 냅다 학교로 튀었다. 그때는 이미 모든 것을 각오했다. 수업이 시작됐는지 운동장은 텅 비어있었다. 교무실을 찾았다. 선생님들 모두 수업에 들어가고 한 분이 남아있었다.

"어떻게 왔어?"

"저어, 입학을 하려고요."

"그래? 저쪽 서무실로 가봐."

서무실에는 남자 직원 한 명과 여자 직원 한 명이 앉아있었다. 남자는 나이 들어 보이고, 여자는 앳되고 예뻐 보였다. 여직원이 사근사근 안내를 했다.

"자, 여기 두 장의 고지서가 있어요. 하나는 입학금 고지서, 하나는 등록금 고지서예요. 거기에 쓰인 금액을 납부해야만 입학이 허락되는 거예요. 원칙은 그런데 일단 내일부터 등교를 하세요. 그리고 납부금은 빠른 시일 내에 납부를 하세요."

안 그래도 예쁜 여직원이 더더욱 예뻐 죽겠다. 아, 나도 이제는 중학생이다. 생각하니 그때까지는 두려워서 가슴이 뛰었고 이제는 기뻐서 가슴이 뛰었다.

일단 외상을 지긴 했지만 입학은 성공했다. 그렇다고 끝난 게 아니다. 진짜 어려운 관문은 그다음이었다. 아버지 어머니의 관문을 어떻게 통과할 것인가.

별수 없었다. 내 특기는 묵언수행이다. 입은 닫고 몸으로 실행하는 것이다. 아침밥만 먹으면 집에서 사라졌다. 가방도 없이 날마다 학교에 갔다. 학생을 증명할 수 있는 것은 까만 모자가 전부였다.

아버지 어머니 역시 묵언으로 대항하셨다. 당장 돈 달라는 소리가 없으니 두고 보는 것이었다. 하긴 자식이 도둑질이나 못된 짓을 하는 것도 아닌데, 공부가 하고 싶어서 그러는데 어느 부모인들 가로막겠는가.

8
궤도 진입

*

　　　　　사실상의 묵인이었다. 말려도 듣지 않을 것 같으니 그냥 내버려 두는 것이었다. 한데 문제는 또 있었다.

　입학금 등록금은 아직 독촉이 없으니 좀 더 버틸 수 있었다. 당장 필요한 것은 교과서였다. 군인이 총이 없는 거나 학생이 책이 없는 거나 본분을 몰각한 처사다. 게다가 선생님 한 분은 유독 교과서에 집착했다.

　하필이면 그 선생님은 세 과목을 맡았다. 하루에 한 번은 반드시 마주치게 돼 있었고, 수업 전에 반드시 책이 없는 학생을 골라냈다. 선생님의 벌은 손바닥 때리기였다. 그러므로 하루에 한 번은 반드시 손바닥에 불이 났다.

내 짝꿍은 별난 성격이었다. 그날 기분에 따라 책을 보여주다 말다 했다. 그렇다고 나도 좋은 성격은 아니었다. 아쉬운 사람은 나다. 그러면 싹싹하게 따리를 쳐야 할 텐데 그러지를 못했다.

오래지 않아 우리는 삼팔선을 고착시키는 데 합의 아닌 합의를 했다. 서로 책상 가운데 그어진 선을 넘지 않기로 묵시적으로 동의했다. 가끔 무슨 일로 기분이 좋으면 슬쩍 책을 내 앞으로 밀어 놓지만, 양반은 얼어 죽어도 곁불은 쬐지 않는다는 생각에 거들떠도 보지 않았다.

입학한 지 얼마 되지 않아 시험을 봤다. 입학시험 없이 입학했기 때문에 학생들의 학력 수준을 알 수 없었을 것이다. 시험에는 성적이 우수한 학생 일곱 명을 뽑아 한 학기 등록금 면제한다는 조건이 제시되었다.

나는 아무래도 조건이 불리했다. 방금 졸업한 사람과 일 년 전에 졸업한 사람은 차이가 있을 수 있기 때문이었다. 그래도 기억을 더듬어 열심히 시험을 봤다. 몇 등인지는 몰라도 7등 안에는 들었다. 두 가지 외상값 중 하나는 탕감이 됐다.

**

외상값 하나는 남아있었다. 시간을 끌자 여직원이 시도 때도 없이 찾아와 독촉했다. 예쁜 얼굴이 마귀처럼 보였다. 그래도 집에 가서는 입도 벙긋 못했다. 이놈의 돈은 어디 가서 배를 곯지. 어머니가 흔히 하시던 말이었다.

입학금은 형이 해결해 주었다. 형인들 돈 나올 곳은 없었다. 아마도 책 살 돈으로 둘러댄 것 같았다. 당분간은 조용히 지낼 수 있게 되었다.

손바닥에 나는 불은 여전히 꺼지지 않는 활화산이었다. 짝꿍과 냉전은 고착이 되고 나는 저쪽에서 어떤 유화책을 내놔도 응하지 않을 태세였다. 나는 집에서도 밥을 먹지 마라면 굶을지언정 잘못하지 않은 일을 잘못했다고 비는 법이 없었다.

이가 없으면 잇몸으로. 그렇다. 살 사람은 살게 마련이다. 나는 책에 신경을 쓰지 않는 대신 선생님이 하시는 말씀에 집중했다. 숨소리 하나 놓치지 않으려고 애를, 애를 썼다. 그리고 빠르게 노트에 옮겨 적었다. 하여 내 노트는 내가 아니면 아무도 알아볼 수 없었다.

학교에서는 짝꿍 눈치, 선생님 눈치를 보고 집에 가서는 아버지 눈치를 보았다. 나는 나대로 알아서 행동했다. 농번기가 되면 아버지가 말씀하시지 않아도 일을 도왔다. 사흘이고 나흘이고 학교를 빠졌다.

아버지도 건강 체질은 아니셨다. 술로 버티셨다. 게다가 품삯이 아까워 웬만해서 놉을 하지 않았다. 밤에 주무실 때 끙끙 앓으시는 걸 보면 나도 마음이 아팠다. 학교에 다니는 것이 죄스러웠다.

그러나 어쩔 수 없었다. 내가 농사를 짓는다고 해서 농토를 물려받는다는 보장도 없었다. 장남은 장남이라고 챙기고 나머지 네 형제가 찢어 가지면 넷 다 가난을 면할 수 없었다. 아버지는 힘드실 때마다 "학교 때려치워라." 하고 퉁명스럽게 말씀하셨다. 나는 그 말을 듣기는 하지만 수용할 수는 없었다. 아, 정말 돈은 어디 가서 배를 곯지?

종업식 날이 다가오고 있었다. 나는 이미 내가 우등상을 받는다는 것을 알고 있었다. 책 한 권 없이 이뤄낸 성과였다.

사실 농번기 때마다 4, 5일씩 결석만 하지 않아도 더 좋은 성적을 거둘 수 있었다. 시험에서 틀리는 문제는 결석해서 배우지 못한 것들이었다. 결석해도 책만 있으면 보충이 가능한 것이었다.

그래도 잘했다. 아버지는 성적표와 상장을 보시고 아무 말씀이 없으셨다. 아버지도 원래 그런 분이셨다. 못했으면 얼굴을 찡그리시겠지만 잘하면 표정이 없으신 분이시다.

그래도 상관이 없었다. 상장 하나가 면허증 구실을 톡톡히 했다. 상장 하나를 받으면서 중학생으로 인정되었다. 마감 날을 어기긴 해도 등록금을 정상으로 납부하고 교과서도 고루 갖춰 가지게 되어 손바닥 활화산이 휴화산이 되었다. 드디어 정상 궤도에 진입에 성공한 것이었다.

9
애어른으로 살아가기

"저게 저절로 붉어질 리는 없다/저 안에 태풍 몇 개/저 안에 천둥
몇 개/저 안에 벼락 몇 개/저 안에 번개 몇 개가 들어 있어서/붉게
익히는 것일 게다//저게 혼자서 둥글어질 리는 없다/저 안에 무서
리 내리는 몇 밤/저 안에 땡볕 두어 달/저 안에 초승달 몇 날이 들
어서서/둥글게 만드는 것일 게다/대추야/너는 세상과 통하였구나."

– 장석주 「대추 한 알」

상장이 면허증 구실을 했다고 해서, 정식으로
중학생으로 인정받았다고 해서 거리에 태극기를 흔들고 다닌 것은 아
니다. 대추 한 알이 거저 영글던가. 더 많이 노력하고 더 힘든 일도 감
당해야만 했다.

누나가 죽은 후 나는 안팎일을 가리지 않았다. 우리 동네 우물은 깊이가 열 길이라고 한다. 우리 집 물두멍은 양동이로 열 번을 길어 날라야 가득 찬다. 물을 긷는 것도 일이다. 그것이 내 당번이다.

어머니가 집을 비우시면 밥 짓는 것, 된장찌개 끓이는 것, 걸레 빨아 청소하는 것도 내 차지가 된다.

몇 년 전 아래 동생의 처(제수)가 어머니가 하시던 말씀을 전했다.

"걔가 된장찌개를 끓이면 맛이 희한한 거라. 어떻게 끓이면 맛이 있을까 하고 하루는 몰래 지켜봤더니 글쎄, 떼어서 버리는 멸치 대가리로 가루를 내서 찌개에 넣는 거라. 어디서 본 적도 없을 텐데 어디서 그런 의견이 났는지."

어머니가 손을 다쳤을 때 칼국수를 끓인 이야기도 했다. 그랬다. 반죽을 치대고 홍두깨로 밀고 안반에 놓고 썰었다. 나는 호박도 자로 잰 듯 써는 재주를 가졌다.

동네 아주머니들이 자식들 꾸지람에 나를 끌어들였다.

"상댕이댁(어머니 택호. 외갓집 동네 이름이 상당이다.) 아들 본 좀 봐라. 부엌일을 못해, 들일을 못해, 공부를 못해. 너는 계집애가 돼서 밥을 짓기를 해, 걸레를 빨아서 청소를 해. 할 수 있는 게 뭐야!"

훗날 그 계집애들은 나 때문에 천날만날 혼났다고 나를 원망했다.

그 칭찬은 칭찬이 아니라 부담이었다. 그 칭찬 때문에 담부터는 게으름을 피우고 싶어도 피울 수 없게 되었다. 못하던 사람은 더 못해도 눈에 띄지 않지만, 잘하던 사람은 조금만 못해도 금방 눈에 띄는 법이다.

그 때문에 나는 밖에 나가 함부로 놀지 못했다. 팽이치기, 연날리기, 스케이트 타기, 자치기, 그중에 내가 할 수 있는 것은 아무것도 없다. 따라서 추억도 없다. 따라서 어린 시절은 공백이다.

그게 처세술이었다. 그렇게 하지 않으면 학교생활을 유지할 수 없었다. 가난할 수밖에 없는 농촌을 벗어날 수 없었다.

그럼 공부는 언제? 언제라는 특정한 시간이 없었다. 솔직히 말해서 집에서는 거의 공부를 할 수 없었다. 틈이 없었다. 왕복 이십 리 학교를 오가는 것도 노동이었다. 틈이 있으면 잠을 잘 수밖에 없었다.

그럼 뭐야? 안 먹어도 살찐다는 소리잖아. 그랬다. 비결? 있었다. 1학년 때 책 한 권 없이도 우등상을 받았다. 그때 집중력을 배웠다. 선생님 말씀에 귀를 기울이고 토씨가 틀리면 틀린 대로 칠판 글씨를 베꼈다. 그랬더니 결석한 날 빼고 다른 문제는 거의 맞혔다.

10
따라지와 잡초

*

　　우리가 중·고등학교에 다니던 시절에는 이른바 일류, 이류, 삼류 등 학교에 등급이 있었다. 입학시험도 시차를 두고 1차, 2차, 3차로 나누어 실시했다. 이 세 등급에 들지 못하는 학교를 따라지 학교라고 일컬었다.

　우리 학교는 따라지 학교였다. 나는 입학시험을 치르지 않은 것은 물론 입학식이 끝난 다음 추가로 입학했다. 그렇게 해도 두 학급 120명 정원을 채우지 못했다. 그러므로 도시의 학생들이 따라지라고 대놓고 놀려도 항변할 말이 없었다.

　나는 따라지든 장땡이든 그런 건 개의치 않았다. 까만 모자를 쓰고 학교에 다닐 수 있는 것만으로도 감사했다. 그런데 선생님 중에서도 학생들에게 함부로 말하거나 짐승 대하듯 하는 분들이 있었다.

성학원이라는 국어를 가르치는 선생님은 자기는 신라문화제 준비위원이며, 소설가로 이름을 떨치고 있음을 자랑스럽게 떠벌였다. 그러면 말이나 행동도 그에 걸맞게 해야 마땅했다. 내가 그 선생님에 대해서 기억하는 것은 '숙맥'과 '맨재기' 딱 두 단어다.

"남학생들은 하나같이 숙맥이야. 특히 여학생들은 맨재기가 많아."

숙맥의 사전적 의미는 "콩과 보리를 구별하지 못한다는 뜻으로, 사리 분별을 못 하는 어리석고 못난 사람"이다. 맨재기 역시 사전은 "융통성이 없는 사람"으로 풀이하고 있다. 다 바보 멍청이라는 뜻이다.

바보든 멍청이든 가르쳐서 사람이 되게 하는 것이 선생님의 역할이다. 선생님은 자신의 역할을 잊은 채 만날 바보 타령 멍청이 타령만 했다.

그 밖에도 어떤 선생님은 화가 난다고 해서 학생들을 향해 사납게 백묵통을 집어 던지고, 또 어떤 선생님은 개돼지 소리를 입에 달고 지냈으며, 또 어떤 선생님은 학생이 혼잣소리로 "오늘 선생님 저기압이다. 조심하자."라고 했다고 해서 학생들을 모조리 운동장에 집합시켜 단체 기합을 주었다.

교장 선생님이 학교의 기강을 바로 세우지 못하는 탓이 컸다. 교장 선생님은 몸이 왜소한 데다 주먹만 한 얼굴은 새카매서 겉으로 보기에도 병색이 완연했다.

당시 조회 때 운동장에 집합하는 전교생 수는 3백 명이 못 됐다. 하지만 마이크가 없는 데다 목소리가 작아서는 뒤쪽까지 목소리가 전달되지 않았다. 그러므로 교장 선생님이 훈화를 하면 아예 전교생이 듣기를 포기했다.

사람의 권위는 학식에서도 나오지만, 풍채와 목소리가 뒷받침되지 않으면 권위는 반감한다. 학교의 기강이 바로 서지 않은 데는 교장 선생님의 탓이 컸다.

* *

3학년으로 진급하고 그새 교장 선생님이 바뀌었다. 새로 부임한 교장 선생님은 먼저 교장 선생님과 철저히 대조적이었다. 체격이 크신 데다 목소리가 우렁찼다. 우선 겉모습에서 권위가 느껴졌다.

과연 하루하루 분위기가 달라지는 것이 피부로 느껴졌다. 교무실과 교실을 연결하는 앰프를 설치한 게 첫 번째 눈에 띄는 변화였다. 두 번째는 그 당시 유행처럼 번지던 자매학교 결연이었다.

교장 선생님의 전임지는 대구에서 소위 일류로 꼽히는 여자 중학교였다. 그 학교와 자매 관계를 맺은 것이었다. 먼저 그 학교의 학생회장이 우리 학교에 방문했다. 회장은 전교생이 운동장에 집합한 가운데 단상에 올라가 미리 준비한 듯이 또박또박 연설을 했다. 과연 일류 학교 학생다운 당당한 태도였다. 교장 선생님은 아마도 그런 모습을 보여주는 게 목적이었을 것이다.

다음에는 또 무슨 변화가 일어날지 자못 궁금했다. 정말이지 엄청난 일이 벌어졌다. 학교에 화단이라는 게 있어도 있으나 마나였다. 흔한 화초 몇 포기가 꽃을 피워도 관심을 가지고 쳐다보는 사람이 없었다.

교장 선생님의 지시 아래 그 화초들이 모조리 뽑혀나갔다. 학생들은 제법 그럴듯한 화초를 심으려니 기대했다. 기대는 실망으로 바뀌었다. 교장 선생님은 화초가 뽑혀나간 그 자리에 무엇을 심었을까?

봄에 들에 나가면 여기저기 새싹들이 돋아난다. 교장 선생님은 그중에서도 흔히 잡초라고 일컫는 것들을 뽑아다 화단에 옮겨 심었다. 시간이 걸려 화단이 완성되었을 때 과연 그 모습은 어떠했을까?

민들레, 씀바귀, 냉이, 쑥, 엉겅퀴, 바랭이, 쇠비름, 질경이, 명아주, 닭의장풀, 박주가리, 토끼풀, 강아지풀, 망초…. 그야말로 잡초 중의 잡초만 골라 잡초 전시장으로 꾸며놓았다. 선생님들은 물론 학생들조차 교장 선생님이 정신이상자가 아닌지 머리를 갸우뚱했다.

교장 선생님은 정말 정신이상자였을까? 시간이 지나자 잡초 전시장은 제법 어우러졌다. 뽑히고 짓밟히고 천대를 받던 것들이 날마다 사람의 부드러운 손길을 느끼자 각자 제멋을 부리며 자라난 것이었다.

개중에는 때에 맞춰 꽃을 피우기도 했다. 그렇게 보아서 그런지 들에서 피었을 때와 달리 제법 꽃처럼 여겨지기도 했다. 쇠비름의 고 앙증맞은 꽃이라니.

교장 선생님은 그때에 이르러서도 잡초 전시장을 조성한 데 대해서 일언반구 말씀이 없었다. 굳이 설명할 필요가 없었다. 저마다 느낌으로 깨달음에 이르렀다.

프랑스의 작가이자 여류 운동가 시몬느 드 보부아르는 말했다.

"여자는 태어나는 것이 아니라 만들어지는 것이다."

사상과 제도와 위치가 그 사람의 신분을 결정한다는 뜻일 것이다. 잡초를 잡초로 보면 잡초지만, 잡초를 화초로 바라보면 화초라는 사실을 교장 선생님은 실증으로 보여주셨다.

잡초만 그럴까. 멀쩡한 사람도 '저놈은 따라지다.' 하고 낙인을 찍으면 따라지다. 세상에 태어날 때부터 따라지는 존재하지 않는다. 낙인을 찍어서 따라지로 만든 것이다. 우리들 신세가 그랬다.

11
내가 만난 링컨

*

생각이 바뀌면서 분위기도 변화했다. 솔직히 우리 학교 선생님들은 교육에 관심이 없었다. 어떻게 하면 빨리 중심지로 이동할까 그게 관심사였다. 염불보다 잿밥에 관심이 있는 한 교육은 뒷전일 수밖에 없었다.

화초 뽑고 잡초 심은 발상의 전환으로 선생님들부터 바뀌기 시작했다. 옛날이야기로 시간을 때우던 선생님도 일분일초를 아껴 진도에 매진했다. 잡초에서 화초로 신분이 상승한 학생들은 자연히 선생님의 진도에 맞춰 잰걸음을 할 수밖에 없었다.

성경에 이런 구절이 있다. "하느님께서는 뭍을 땅이라, 물이 모인 곳을 바다라 부르셨다. 하느님께서 보시니 좋았다." 모처럼 선생님들과 학생들이 하나가 되어 공부하는 모습도 보기에 좋았다.

나는 애매한 입장이었다. 학교에서는 분위기에 편승하지만 집에서는 여전히 하던 대로였다.

소죽 쑤고 마당 쓸고 물 긷고 농사철이면 학교를 빠지고 사흘 나흘 들판에서 살았다. 사실 고등학교 진학도 장담할 수 없었다.

내가 어정쩡한 태도로 시간을 보내자 형이 보기에 답답했던지 어느 날 수업을 마치고 나오는 나를 교문에서 기다리고 있었다. 형은 나를 버스에 태우고 시내 쪽으로 달리다 태전교 다리 건너서 내렸다.

찾아간 곳은 칠곡면 면장 댁이었다. 면장의 아들과 형은 고등학교 동문으로 친한 사이였다. 그 인연으로 어른들도 서로 알고 지내는 형편이었다.

면장 부인은 마루에 나와 앉아있었다.

"친구는요?"

"시내 볼 일 있다면서 나갔다."

"정태는요?"

형은 취조를 하듯이 거푸 물었다. 정태는 아마 친구의 동생인 것으로 짐작됐다.

"오늘 마지막 날 시험 보고 와서 잠들었다."

"열심히 하지요?"

"내가 아나. 요새 며칠 밤을 새우다시피 하더라."

형이 나를 거기 데려간 것은 바로 이 부분이었다. 정태는 나와 같은 중3으로 최고 명문으로 손꼽히는 경북중학교에 다녔다. 그런 학교 학생도 물불 가리지 않고 공부하는 모습을 보여주고 싶어서였다.

나도 그러고 싶지만 그럴 수 없다는 것을 형이 모를 리 없었다. 하지만 억지로 되는 일은 없다. 내가 그만큼이라도 집안일을 돕지 않으면 학교를 때려치우라 할 게 뻔했다.

형은 떨어져 있으니 그런 것까지 세세히 모른다. 또 장남과 차남은 집안에서 위치가 다르다는 걸 모른다. 나는 나대로 외줄 위에서 떨어지지 않으려고 안간힘을 쓰고 있었다.

* *

어느새 11월로 접어들었다. 기쁜 소식이 날아들었다. 하늘이 도왔다.

11월 3일은 학생의 날이다. 그날을 기념해 도에서는 학교마다 한 명씩 선발해 표창장을 수여했다. 공식 명칭이 선행학생 표창장이었다. 우리 학교에서는 내가 뽑혔다.

뽑히고 나서도 내가 왜 뽑혔는지 아리송했다. 상을 받을 만큼 착한일을 한 적이 없었다. 물에 빠진 사람을 구한 적도 없고, 거액을 주워주인에게 돌려준 적도 없었다. 하지만 이미 결정된 일이었다.

전교생이 모인 자리에서 식이 거행되었다. 상을 받을 순서가 되어 단상으로 불려 올라갔다. 운동장에 도열한 학생들이 개미 떼처럼 보였다. 교장 선생님이 표창장을 낭독하고 목에 메달을 걸어주었다. 나를 그 자리에 세워둔 채 교장 선생님이 훈화를 했다.

"여러분, 이 학생은 지각대장에다 결석을 밥 먹듯이 합니다. 지각 결석을 잘하면 상을 받느냐. 그렇습니다. 바로 이 학생이 그 경우입니다. 그러면 아무나 지각 결석을 하면 상을 받느냐. 그것은 아닙니다. 알고 보니 이 학생은 지각 결석을 하는 이유가 있었습니다. 집안일을 돕느라 지각 결석을 했던 것입니다. 게다가 공부도 잘합니다."

떨리는 몸으로 단상에 서있으면서 훈화를 새겨들었을 리는 없다. 대충 그런 내용이었다.

당시는 군사정부 시절이었다. 집에 돌아와 상장을 다시 읽었다. 맨 아랫부분에 이렇게 쓰여있었다. "경상북도지사 육군 소장 박경원" 별 두 개 단 도지사가 수여하는 상이었다. 나도 영광이지만 집안의 영광이기도 했다.

아버지는 지금까지 볼 수 없었던 표정을 지으셨고, 어머니는 메달을 목걸이처럼 목에 걸고 다니셨다.

나아가 나는 이 일을 계기로 일에서 해방이 되어 형 친구의 동생 정태처럼 공부 하나만 생각할 수 있게 되었다.

내가 여기에 이른 것은 절대적으로 교장 선생님의 영향력이 컸다. 아주 컸다. 교장 선생님은 내가 따라지가 아님을 자각하게 해주셨을 뿐만 아니라, 지각과 결석이 학생의 입장에서는 본분에 어긋나는 짓임에도 불구하고 상으로 보상함으로써 죄의식을 덜어주셨다.

더불어 일에서 해방시켜 공부에 전념케 하셨으니 노예를 해방시킨 에이브러햄 링컨이 따로 없었다.

12

삼신할미와 백삼선

*

　　　　　　나라가 해방될 때 나는 태어나지 않았다. 태어
났다 한들 해방의 기쁨을 누릴 나이는 아니었다. 그러나 그때 태극기
를 손에 들고 거리로 뛰쳐나와 만세를 불렀을 그분들의 기분은 충분히
이해한다.

　상장 하나로 해방을 맞이했다. 밤늦게 호롱불을 켜놔도 '기름 닳는다.
불 꺼라.'라고 아버지는 말씀하시지 않았다. 학교는 학교대로 겨울방학
을 반납했다. 최후의 일각까지 마지막 남은 전력을 소진할 태세였다.

　나는 생각을 바꾸었다. 학교에 출석하면 오가며 두 시간을 낭비하는
셈이었다. 선생님에게 말씀드리고 혼자 집에서 하겠다고 했다.

집에는 책상이 없었다. 주야장천 구들장을 지고 살았다. 벽에도 천장에도 심지어 변소 담에도 요점을 정리한 쪽지를 붙여놓고 오며 가며 쳐다보았다. 내 생전에 그때처럼 공부에 열심이었던 적은 없었다.

어머니는 어머니대로 지극정성으로 살펴주셨다. 아침에 일어나면 맨 먼저 날달걀에 참기름을 뿌려서 주시는 것이었다. 시골에서 달걀은 최상의 음식이었다. 저녁에는 아랫목에 하얀 쌀밥을 묻어두고 밤중에 출출할 때 꺼내 먹을 수 있게 하셨다. 하얀 쌀밥에 김치를 찢어서 먹는 그 맛이라니.

드디어 원서를 제출할 때가 됐다. 나는 어느 학교를 지원하지? 집안 형편을 생각하면 한 푼이라도 보탬이 되는 야간학교가 제격이었다. 한데 학교 측에서는 이름 있는 학교에 많은 수의 학생을 합격시키는 것이 목적이었다.

선생님들 사이에 이런저런 의견이 분분했다. 그때 내 손바닥에 불을 지르셨던 선생님이 나서서 교통정리를 했다.

"너, 너, 너, 너 넷은 경북고등학교야. 딴소리 말아. 그리고⋯"

아주 명쾌하게 학교별 그룹을 지어 지명했다. 나는 경북고등학교 그룹에 지명이 되었다. 토를 달 여지를 주지 않았다.

공부 못하는 학생의 상향 지원. 하룻강아지 범 무서운 줄 모른다. 이런 말들이 떠올랐다. 한편 형 친구의 동생 정태, 고모부의 조카 용이, 이런 이름들도 떠올랐다.

막내 고모는 같은 동네 부잣집으로 출가했다. 고모부는 장사를 하다

망해먹고 본가로 돌아와 농사를 지었다. 우리 집은 길목에 있었다. 고모부는 오며 가며 우리 집에 들러 막걸리를 마셨다. 고모부는 막걸리나 마실 것이지 나만 보면 조카 자랑을 했다. 조카는 정태와 같은 경북중학교에 다녔다.

정태나 고모부의 조카나 같이 경북고등학교에 응시할 것이었다. 누가 붙고 떨어지나 한번 겨뤄보자 하는 오기가 발동했다.

나는 경북고등학교가 어디 붙었는지 알지 못했다. 나머지 세 명을 따라 버스를 타고 가서 원서를 접수했다. 가면서 내리는 정거장을 단단히 알아두었다. 시험 보는 날은 각자 가야 할 것이었다. 다행히 버스는 읍내에서 타면 학교 앞에서 내리게 돼 있었다.

＊ ＊

시험 보러 가는 날, 어머니는 새벽부터 부산하게 움직였다. 얼른 밥을 지어 퍼주시고 내가 밥을 먹는 동안 마루에 또 다른 상을 차리느라 여념이 없었다. 나는 버스가 정해진 시간에 다니는 것이 아니라서 서둘러 숟가락을 놓았다.

마루로 나서는데 어머니가 내 팔을 잡으셨다. 나는 마루에 차려진 상 앞에 주춤 섰다. 상 위에는 물을 담은 하얀 사발이 놓여있고, 촛불도 켜져있었다. 어머니는 하얀 사발과 촛불을 향해 세 번 절하라는 시늉을 하셨다.

나는 빠른 동작으로 삼배를 올렸다. 내가 삼배를 하는 동안 두 손을 모아 쥐고 집안에 무슨 일이 있을 때마다 하시던 대로 삼신할미를 비롯해 온갖 신들에게 소원을 비셨다.

혹시나 늦을까, 혹시나 버스를 잘못 내릴까 노심초사하며 시험장으로 향했다. 삼신할미 덕분에 늦지 않게 정확한 위치에 내렸다. 교문에서부터 시장바닥처럼 사람들로 붐볐다. 수험생 한 명에 가족이 두세 명씩 따라 나온 듯했다.

기죽을 것 없어! 삼신할미가 있잖아. 스스로에게 응원을 보냈다. 수험표를 책상 위에 꺼내놓고 자리에 앉았다. 곧 첫 시간 종이 울렸다. 서두르지 말자, 당황하지 말자고 다짐했다.

시험지를 받고 문제를 풀기 시작했다. 문제를 반쯤 풀었을 때 감독 선생님이 내 옆에서 걸음을 멈추었다. 시험지와 수험표를 번갈아 보시더니 시험지의 수험번호를 손가락으로 가리키는 게 아닌가.

아뿔싸, 하마터면 시험을 망칠 뻔했다. 수험번호 365번을 356번으로 잘못 기재한 것이 발견된 것이다. 지적해 주신 선생님 감사합니다. 삼신할머니도 감사합니다, 하고 빌고 또 빌었다.

시험이 끝나자 수험생들은 운동장으로 우르르 몰려나갔다. 수험생들은 가족들에게 둘러싸여 무어라고 재잘거리고 있었다. 나는 하릴없이 운동장을 둘러보다 일찍 교실로 들어왔다.

둘째 시간부터는 먼저 수험번호를 잘못 기재하지 않았는지 자가 점검한 뒤에 무난히 문제를 풀었다. 마침 종과 함께 다시 운동장으로 나왔다. 뜻밖에도 체육 선생님이 와 계셨다. 체육 선생님은 그 학교 출신이었다.

"인마, 힘내! 넌 할 수 있어."

어깨를 툭 쳐주셨다. 나도 응원군이 있다 생각하니 힘이 솟았다.

셋째 시간은 더 자신 있게 문제를 풀었다. 다시 운동장으로 나왔다. 누가 응원을 오리라는 기대는 없었다. 올 사람도 없었다. 그런데 이거야말로 천지개벽할 일이었다. 흰 바지저고리에 회색 두루마기, 중절모를 쓴 사람은 그 많은 사람 중에 딱 한 사람이었다. 아버지였다.

아버지는 내가 집에서 출발할 때도 보이지 않았다. 기대도 하지 않았다. 아버지는 내심 어려운 학교에 시험을 봐서 떨어지기를 바라실지도 모른다고 생각했다. 그런 아버지가 시험장에 나타나신 거였다.

아버지와 함께 수양버드나무 아래 벤치에 가서 앉았다. 아버지는 들고 오신 보자기를 풀었다. 계란이었다. 삶은 계란일 것이었다. 하나를 까서 한입 베어 물었다. 삼켜지지 않았다. 나도 모르게 눈물이 흘렀다.

아버지는 어떻게 거기를 찾아오셨을까? 아버지는 제사장을 보러 큰 장(서문시장)에 가시는 것 외에 나들이 다니실 일이 별로 없었다. 어떻게 찾아오셨을지 신기했다. 아버지는 곧 그 자리를 떠나셨고, 나는 아버지의 모습이 사라질 때까지 눈으로 배웅했다.

13
그리고 그 후

　　　　　신문에 합격자 발표가 나고 학교에 가서 확인도
했다. 같이 시험을 본 네 명 중 두 명은 붙고 두 명은 떨어졌다. 50%의
합격률, 그게 중요한 것이 아니었다. 개교 이래 처음으로 경북고등학교
에 합격자를 냈다는 사실, 그 자체가 중요했다.

　형 친구 동생 정태? 고모부의 조카 용이? 둘 다 떨어졌다. 그것은 이
변이 아니다. 그 두 사람이 다닌 학교가 명문이긴 하지만 우리 교장 선
생님과 같은 분이 그 학교에는 없었다. 이건 사실이다. 나는 그렇게 믿
었다.

　사흘을 내리 잠만 자고 학교에 들렀다. 선생님들은 마치 개선장군 맞

이하듯 했다. 구름 위를 걷는 듯했다.

그 선생님만 보면 손바닥에 저절로 통증을 느끼는 바로 그 선생님은 너 마침 잘 왔다는 듯이 이렇게 말씀하셨다.

"수학 선생님이 집안에 사정이 생겨서 갑자기 그만두셨는데 네가 좀 수고해 줘야겠어. 봄방학 때까지야."

난처했다. 수학은 내가 가장 싫어하면서 성적이 뒤처지는 과목이었다. 그렇다고 명문 고등학교 합격증을 받아놓고 사양하기도 체면이 서지 않고, 게다가 지난 일 년간 우리를 위해 헌신한 선생님들에 대한 예의도 아니었다.

짧은 기간의 선생님 노릇으로 아직도 먼 산에 잔설이 남아있을 시절에 남몰래 굵은 땀방울을 흘리는 체험을 했다. 봉급은 없었지만 봉급보다 더한 것으로 보상을 받았다.

어느 날 담임 선생님이 긴한 말씀이 있으신 듯 나를 조용한 곳으로 부르셨다.

"숙식할 곳은 있니?"

"아직 정한 곳이…."

그것은 중대한 문제였다. 통학은 불가능했다. 누님댁은 여태 형이 신세를 졌다. 그렇다고 하숙을 할 형편도 못 되었다. 앞으로 해결해야 할 난제였다.

"정하지 않았으면 우리 집에 와있어. 대신에 6학년 올라가는 애를 좀 돌봐 줘."

집에 가서 그 말씀을 드리자 호박이 넝쿨째 굴러 왔다며 기뻐하셨다. 부모님이 기뻐하시는 걸 보니까 나도 기뻤다. 일이 되려니까 저절로 술술 풀렸다. 남은 것은 교복과 모자 등 입학식을 위한 준비였다.

＊ ＊

경북고 모자는 다른 학교와 달리 남색인 데다 흰색 테를 세 개를 두른 것이 특색이었다. 흔히 백삼선이라고 한다. 시중에서는 구할 수 없고 반드시 지정점에서 맞춰야만 했다. 교복은 그냥 까만 여느 교복과 같았다.

교복을 구입한 뒤에 생각하니 뭔가 빠진 것 같았다. 어느 해 고모부의 조카가 본가에 왔을 때 입었던 교복을 떠올려 보았다. 그랬다. 사관학교 생도들처럼 소매에도 흰 테 세 개가 둘러져 있었다.

모자를 맞춘 곳에 가서 어렵사리 흰 테를 구해 와서 양쪽 소매에 세 가닥씩 달았다. 표 없이 가지런히 달기가 여간 어렵지 않았다. 달았다 떼기를 여러 번, 그때 에피소드를 졸업 30주년 기념문집 『그 후 三十年』에 이렇게 썼다.

"입학식 날 보니 다른 학생들은 새 교복을 그대로 입었거나 헌 교복을 입은 학생들은 하나같이 테를 떼어낸 자국이 남아있었다. 나처럼 흰 테가 선명한 사람은 아무도 없었다. 부끄러워 어쩔 줄 몰랐다.

나는 입학시험을 보던 날 아침 삼신할미께 삼배를 올렸다. 그 공으로 합격을 해서 백삼선 모자를 쓰게 되었다. 거기서 멈췄어야 했다. 너무

삼이란 숫자에 집착한 나머지 뜻밖의 부끄러운 장면을 연출했다.

사실 크게 부끄러워할 할 일은 아니었다. 중학교와 고등학교는 한 울타리 안에 있었고, 교장 선생님도 한 분이셨으니 그 정도 착각은 애교로 봐줄 수도 있었다."

사족.

형이 정년퇴임 기념으로 발간한 자사전적 저서 『제자가 만든 스승』에 교장 선생님과 관련된 부분이다.

"첫 발령지에 부임 인사하러 갔다가 실망하여 돌아와 시골집 방구석에 드러누워 궁리하던 중, 벽에 걸린 사진 프레임 속에서 어떤 한 분의 인물사진에 눈이 머물면서 희망이 생겨 벌떡 일어났어요. 그분의 관상을 뚫어지게 보고서는 이분은 내가 매달리면 뿌리치지 않을 것 같다는 확신이 들었어요."

"그분은 교육계에 계시는 친척분이었어요?"

"친척도 아니고 만나본 적도 없는 분이었어요."

"그런데?"

"그분은 경북도 장학사로 계시다 칠곡중학교 교장으로 부임하셨어요. 부임 후 눈부신 교육활동으로 학교의 기틀을 잡아 지방민의 호평을 받으셨지요. 그 후 영양중·고등학교 교장으로 전임이 되셨는데 후견인이 되어 달라고 청하면 들어주실 것 같은 예감이 들었어요."

"무슨 근거가 있으신지요?"

"그분은 작은 시골 중학교에서 경북의 최고 명문 경북고등학교에 둘이나 합격시켰는데 그중 하나가 내 동생이었어요. 이 동생은 내가 고3

때 집안 변고로 장기결석하며 가을걷이를 할 때 열심히 따라다녔던 그 동생이에요. 공부머리가 뛰어나 어려운 농가에서 농사일을 거들면서도 경북고등학교에 입학했으니 우리 집안을 가난한 수재 집안으로 소문나게 한 것이지요. 그런 사정을 교장 선생님께서 잘 알고 계시니 도움을 청하면 호의적으로 응해주실 것 같았어요."

형은 교장 선생님의 도움으로 승승장구했다. 벽지에서 변두리로, 변두리에서 시내로, 시내에서도 노른자위 경북고등학교에서 발군의 실력(한 학급에서 서울대 합격생을 가장 많이 배출)을 발휘했다. 훗날 대학교수로서 정년퇴임을 할 수 있었던 것은 교장 선생님의 은덕이었다.

14
선의의 배신

작은아버지와 형이 담임 선생님을 찾아뵙고 백
배사례의 말씀을 드림으로써 선생님 댁의 생활이 시작됐다. 선생님 댁
은 시내 중심에서 벗어나 있었고 그냥 그저 평범한 가정집이었다.

식구는 선생님 내외와 연로한 모친, 그리고 위로 아들 둘에 딸이 하
나였다. 아들 둘은 6학년, 4학년. 딸은 아직 입학 전이었다. 할머니는
조용한 편이었고, 사모님은 약간 수다스러웠다. 선생님은 집에서는 거
의 말이 없었다. 나는 거기서 이상한 점을 발견했다.

선생님 댁은 방이 네 개였다. 현관에 들어서면 우측으로 방이 하나
있고, 좌측 네 칸은 방 세 칸에 부엌이 한 칸이었다. 내가 도면을 그리
듯이 구체적으로 말하는 데는 이유가 있어서다.

좌측으로 첫 번째 방은 아들 둘이 사용하고 가운데 안방은 사모님, 끝에 방은 할머니와 손녀가 사용했다. 우측 문간방이나 다름없는 방은 선생님이 사용하는 것이었다. 내가 이상하다고 한 점은 바로 이 점이다.

선생님 부부는 아직 젊다. 젊은 부부가 왜 옛날 부부가 안채, 사랑채로 떨어져 살듯이 쪽마루를 사이에 두고 떨어져 살까? 이유는 알 수 없지만 그 점이 나로서는 불편했다.

나는 아들 둘과 같은 방을 썼다. 이것이 비극의 시초였다.

저녁을 먹은 후 6학년 아들을 한두 시간 붙잡고 씨름하면 되겠거니 했다. 나머지 시간은 내 시간으로 활용하면 되겠거니 했다. 그건 내 계산일 따름이었다. 6학년이 끝나자마자 4학년이 얼른 6학년 자리를 빼앗아 앉았다.

"선생님, 저도요."

마태오복음서에 이런 구절이 있다. "아들이 빵을 청하는데 돌을 줄 사람이 어디 있겠느냐? 생선을 달라는데 뱀을 줄 사람이 어디 있겠느냐?"

그랬다. 4학년이 화투를 치자는 것도, 딱지치기를 하자는 것도 아닌데 거절할 수가 없었다. 작은놈은 큰놈보다 더 샘이 많아서 찰거머리처럼 달라붙었다.

1막, 2막이 끝나면 3막이 기다리고 있었다. 3막은 맞장 뜨기였다. 4학년은 나이에 비해 몸집이 커서 둘이 붙으면 어금버금했다. 씨름에 레슬링에 난리법석이었다.

도시의 아이들은 말을 잘 듣지 않았다. 야단을 쳐도, 타일러도 저들이 지쳐야 3막이 막을 내렸다. 그럼 나는 뭐란 말이냐. 내 공부는 물 건너가고 잠도 제대로 잘 수 없었다.

* *

문서에 도장은 찍지 않았지만 이건 아니다 싶었다. 6학년이라고 하지 않으셨던가. 선생님이 사모님이 쓰는 안방으로 들어가고 내가 문간방을 사용한다면 이런 일은 일어나지 않을 것이었다.

명문이 달리 명문이 아니었다. 경북고등학교는 같은 명문인 경북중학교 출신이 절대다수를 차지했다. 나머지도 다 자기들 학교에서 날고 뛰는 수재들이었다. 나는 다만 운이 좋아서 그들 속에 낄 수 있었다.

이들은 1학년은 놀고 2학년은 쉬고 3학년에 가서 바짝 쪼면 된다는, 당장은 미루고 미래에 건다는 이런 주의자들이 아니었다. 이들은 쇠뿔도 단김에 빼려는 듯 1학년서부터 다잡고 들었다.

선배 중 유명 인사들도 수시로 학교를 찾아와 강연을 통해 후배들을 부추겼다. 당시 국회의장이던 이효상은 이렇게 말했다.

"지금 대한민국은 세계의 중심에 서있습니다. 그러면 대한민국의 중심은 어디냐? 우리 경북고등학교입니다. 보십시오. 지금 발전하고 있는 대한민국을 누가 이끌고 있습니까? 여러분의 선배들이 앞장에 서있습니다. 여러분이 그 뒤를 이어야 합니다. 바로 지금부터 분발하십시오."

빈말이 아니었다. 당시 정·재계의 요직은 선배들이 차지하고 있었다.

학생회장에 출마한 후보들도 고래고래 소리를 질렀다.

"우리 경북고등학교는 한강 이남에서 최고입니다. 여러분, 이걸로 만족하시겠습니까? 이제 한강은 의미가 없습니다. 대한민국에서 최고가 되어야 합니다."

이런 말을 들을수록 속이 뻥 뚫리기는커녕 답답하고 암담했다. 나는 그 똑똑한 인재들과 처음부터 갭이 있었다. 같은 속도로 달려도 갭은 영원히 좁혀지지 않는다. 그런데 남들은 앞으로 달리는데 나는 뒷걸음을 치고 있으니 결과는 뻔했다.

다년간 교직에 계셨던 선생님이 이런 생리를 모를 리 없었다. 선생님은 모르는지 모르는 척하시는 건지 말이 없었다. 벗어나고 싶어도 길바닥에 나앉지 않는 한 벗어날 수도 없었다. 아버지 밑에서 반 농사꾼으로 지내던 그때가 더 나았다는 생각이 나를 서글프게 했다.

15

유목민, 유목생활

*

　　　　　선생님은 오갈 데 없는 나를 자기 집에 데려다 숙식을 해결케 했다. 선의였다. 모르는 바 아니다. 하지만 결과를 놓고 보면 착취요, 선의의 배신이었다. 조금만 신경을 썼더라면 인재 하나 키우지 않았을까.

　내가 얻은 것은 형편없는 성적표였다. 물론 따라지 학교였지만 눈을 감고 시험을 봐도 그런 형편없는 성적표는 받을 수 없었다.

　일 년 만에 선생님 댁에서 나왔다. 선생님도 나를 더 이상 필요로 하지 않았겠지만 나가라고 등 떠밀기 전에 내가 먼저 벗어나고 싶었다.

　작은집으로 짐도 없는 이사를 했다. 작은집은 말로 할 수 없이 옹색했다. 방은 두 칸에 식구는 자그마치 여덟이었다. 당연히 나는 끼지 말아야 했지만 어쩔 수 없이 끼고 말았다.

안방, 건넌방 할 것도 없었다. 부엌 옆방은 작은아버지와 작은어머니, 사촌 여동생 둘이 차지했다. 그 옆방의 옆방은 할머니와 삼촌, 사촌 동생 둘 사이에 내가 끼어들었다. 삼간집이 방이 커야 얼마나 크겠는가.

작은집도 원래는 한마을에 살았다. 그러다 가산을 정리해 대구로 이주했다. 시골 살림 정리한댔자 뻔했다. 겨우 눈비나 가릴 집 한 채 얻고 점포 하나를 얻어 작은어머니가 억척같이 장사를 하면서 입치레나하는 정도였다.

나는 작은아버지, 작은어머니가 성인인가 싶었다. 그 코딱지 같은 집에 나를 받아들일 생각을 하시다니.

집은 옹색하고 사람은 궁색했다. 당시는 분식을 장려하는 시기이기도하지만 작은어머니는 장사가 끝나면 좁쌀을 됫박으로 사다 밥을 지었다. 나까지 아홉 식구가 둘러앉아 먹는 그 밥이 어쩌면 그리 꿀맛일까.

숙식은 그럭저럭 해결되지만 공부할 분위기는 아니었다. 지금도 생각이 난다. 방과 방 사이 벽에 구멍을 내서 달아놓았던 빨간 알전구. 촉수가 낮은 알전구는 두 방을 밝히기에 턱없이 부족했다. 그마저 특선이아니라 해 질 무렵에 켜졌다간 자정에 나가버렸다.

＊ ＊

어머니는 누님이 시집갈 때 워낙 해준 게 없어서 신세 지기를 꺼렸다. 하지만 자형과 누님이 원해서 형은 중학교서부터 대학까지 신세를 졌다. 더는 신세를 지고 싶지 않았을 것이다. 하지만 방법이 없었다.

작은아버지는 사실은 아버지의 배다른 형제였다. 아버지의 어머니, 즉 할머니는 아버지와 큰고모를 낳고 일찍 돌아가셨다. 할아버지는 작은할머니를 얻어 거기서 작은아버지와 삼촌, 두 고모를 얻었다.

작은아버지는 비록 배다른 형제지만 아버지와 친형제 이상으로 우애가 깊었다. 그렇지 않고서야 옹색한 집에 조카를 일 년씩이나 데리고 있을 수는 없었다. 그것만으로 충분히 고맙고 감사했다.

세 번째 짐도 없는 이사를 하고 누님댁에 둥지를 틀었다. 다 고맙고만 했다. 철도 공무원인 자형은 철도관사에 살았다. 방은 컸으나 단칸방이었다. 거기에다 좁은 마당에 방 하나를 더 달아내 본가의 조카와 형을 기숙시켰다.

내가 누님댁에 들어갔을 때는 형은 교직 발령을 받아 지방에 가 있었다. 말하자면 형과 내가 바통터치를 한 셈이었다.

누님댁은 애들이 올망졸망했다. 누님은 첫아들을 어려서 없애고 아들 하나를 얻으려다 내리 딸 넷을 낳고 늦게 아들을 얻었다.

올망졸망한 아이들은 하나가 울면 따라 울고, 인형 하나를 두고 서로 다투고 늘 시끄러웠다. 그런 애들을 외면할 수 없었다. 누님이 밥을 지을 때, 빨래를 할 때 나는 어린 조카들의 친구가 돼 주었다.

또 공부 못했다는 핑계? 핑계가 아니다. 그런 것까지 외면하면 절간에 들어가서 염불이나 외어야 한다. 솔직히 발동을 걸기엔 늦기도 했다.

'용이나 한번 써보자.' 하고 수학학원 새벽반에 등록했다. 다른 과목은 답을 몰라서 그렇지 문제를 모르지는 않았다. 도대체 수학은 문제를 이해할 수 없었던 것이다. 그러나 모르는 놈은 손에 쥐어줘도 모르는 법이다.

그래도 준 돈이 아까워 수강증 기한까지 꼬박꼬박 출석했다. 그러던 어느 날 창문이 훤해서 부리나케 학원으로 달려갔다. 경찰서 앞을 지나는데 경찰이 불러 세웠다.

"학생 어디가?"

"학원 가는데요."

"지금 몇 시야?"

시계가 없는 나는 몇 신지도 몰랐다. 경찰이 벽에 걸린 시계를 가리켰다. 통금해제 전이었다. 학원 문이 열리기까지 두 시간이 남아있었다.

"너 경북고 학생이라서 봐주는 거야. 저기 의자에 앉아서 공부하다 시간 되거든 가."

16
선생인지 머슴인지

　　　　　경북고는 서울대에 해마다 100명 이상 합격자
를 냈다. 한때 전교 360명 중 석차 57위까지 올랐던 적이 있었다. 그
한 번의 기록으로 만족해야 했다. 연달아 미끄럼을 탔다. 어느 지점이
한계인지 알 수 없었다. 아무튼, 서울 쪽은 바라볼 수 없었다.

　영남대학 전신 대구대학 4년 전액 장학생 선발시험에 응시했다. 떨어
졌다. 삼신할미는 어디서 무엇을 하고 있는지. 하긴 어머니는 내가 시
험을 보는지조차 모르셨다.

　속만 쓰렸다. 같은 학과 정시시험에 응시했다. 붙었다. 남들은 그게
어디냐고 했다. 커트라인이 최고 높은 학과였다. 하지만 김이 샜다.

　논 한 마지기를 팔아 등록금을 댔다. 아버지도 이만큼 공부를 시켜

서 포기할 수는 없었을 것이었다. 아버지에게 크게 빚을 졌다.

사람의 일이란 게 잘 풀릴 때는 자다가도 떡이 생기고 안 풀릴 때는 길을 가다가도 개똥을 밟는다.

또 이사철이 다가왔다. 누님댁에 시댁 조카 하나에 하나가 더 와 있게 되었다. 내가 양보하는 수밖에 없었다. 마침 한동네 친구가 가정교사 자리를 소개했다. 보따리를 싸 들고 이사를 했다.

부잣집이었다. 적산가옥인데 방이 도대체 몇 개인지 알 수 없었다. 마당은 약간 과장해서 축구장 넓이만 하고 뒤에는 자그만 연못이 있었다.

그 집은 섬유회사 사장 남편과 서문시장 포목점 주인 아내와 중2, 초6, 초5 아들 셋에 초3 딸 하나를 두고 있었다. 거기다 식모(그때는 가정부, 가사도우미라는 말이 없었다.)가 둘이나 되었다. 또 한집에서 따로 살림하는 사촌 내외와 그사이에 난 남매, 사촌 동생의 여동생이 한 지붕 아래 기거했다.

여태 그런 부잣집은 처음이었다. 음식도 상다리가 비좁게 차려주었다. 한데 사람들 사는 방식, 의식세계는 대동소이했다. 오히려 이 집은 사업을 하는 사람들이라 본전을 더 따졌다.

옛날에 한집에 여러 세대가 살 때 주인은 자식 딸린 사람에게 세주기를 꺼렸다. 그래서 자식 딸린 사람은 딸린 자식이 없다고 계약한 뒤 이사하는 날 자식을 데려왔다. 많게는 셋까지 데려온다는 이야기도 있었다.

이 집도 처음에는 6학년짜리 하나라고 했다. 그러다 시간이 갈수록 선생님 댁에서처럼 중2도 집적, 초5도 집적했다. 5천 원으로 정한 월급은 그대로였다.

가끔은 주인이 호출했다. 주인은 배불뚝이였다. 내가 안방으로 들어가면 주인은 뒤로 비스듬히 두 팔을 짚은 채 두 다리를 쭉 뻗고 있었다. 발톱을 깎으라는 자세였다. 첫 번째 불려갔을 때는 부탁이라도 하더니 두 번째부터는 가슴과 사타구니 사이 불룩한 배의 상하운동으로 신호를 보냈다.

배불뚝이의 발톱 깎기, 고역이었다. 해보지 않은 사람은 모른다. 배불뚝이는 제 발톱을 못 깎는 만큼 제 발도 발가락 사이사이 깨끗이 닦을 수 없다. 하여 냄새가 남다르다. 그래도 사장은 미안한 기색도 없이 배를 들었다 내렸다 숨만 쉴 뿐이었다.

나중에 알고 봤더니 그 집은 둘째 집이었다. 이상하게 본처도 아들 셋에 딸 하나를 두고 있는데 그쪽이 딴살림을 했다. 또 이상한 것은 첫째 집 자식들이 둘째 집을 내 집 드나들 듯이 하는 거였다.

어느 집 자식이든 돈을 물 쓰듯 펑펑 썼다. 자식들이 쓰는 용돈에 비하면 내 월급은 푼돈이었다. 그러면서 명색이 선생을 머슴 부리듯 하는 것이었다.

* *

어느덧 유목생활 5년째를 맞이했다. 1년 단위로 거처를 옮겼다. 다섯 번째 이동장소는 이모님댁이었다.

이모는 모두 셋이다. 내가 옮겨간 이모님댁 이모는 이모 중 맏이로서 어머니의 언니의 언니다. 자매간은 시샘하면서도 거기서 난 자식(이질)들은 살갑게 대하는데 큰이모는 예외였다.

적산가옥 그 집에서는 코끼리 비스킷값도 안 되는 5천 원의 급료를 받았다. 그때도 불만이었다. 이모님 댁에서는 땡전 한 푼 없었다. 학교에 오가는 교통비, 가끔 시골집에 오가는 교통비도 집에서 타서 썼다. 그마저 친구들과 어울리다 보면 바닥이 나서 삼십 리가 넘는 시골집에 걸어서 가기도 했다.

못 사는 것도 아니었다. 살아도 잘살았다. 아들(이종형님)은 버스회사 사장이었다. 저녁마다 차장을 시켜 돈 보따리를 들고 와서는 큰돈은 큰돈끼리 작은돈은 작은돈끼리 나누고 세기에 시간 가는 줄을 몰랐다. 집 안에 돈 냄새가 풀풀 났다.

이모의 외손자는 서울에서 대학교에 다녔다. 시간만 나면 이모 댁에 들렀다. 그 외손자가 일본으로 수학여행에 갔다. 그 비용을 이모네가 부담했다. 외손자는 돌아오면서 이모네 식구들 몫몫이 선물을 보따리로 사 왔다.

그런데 대청마루 한가득 늘어놓은 선물 꾸러미들을 구경하기는 좀 그랬다. 구경하면서 좋다, 좋다 해야 하나, 아니면 나도 하나 가지고 싶다고 해야 하나. 나이는 한 살 많지만 나더러 아저씨라 하는 이모의 외손자가 보잘것없더라도 미친 척 내 몫도 하나 샀더라면 모를까, 나는 그 자리에 어울리지 않아 방으로 들어와 버렸다.

그랬더니 글쎄, 훗날 이모가 어머니더러 이러더라는 것이었다.

"얘, 어쩌면 네 아들은 일본서 사 온 신기한 선물을 쳐다보지도 않더라."

이건 흉인가, 칭찬인가.

이번 대상도 초6이었다. 이모의 큰손녀다. 어느새 나는 초6 전문 가정교사가 되었다. 결론부터 말하면 이모의 손녀는 자기 실력 이상의 좋은 학교에 응시해 단번에 붙었다. 그렇다면 자기 실력에 내 실력이 보태진 것이다. 보탠 실력은 내 공로다.

하지만 그 집 식구들은 이모서부터 이종형 형수까지 좋아서 입이 찢어질망정 수고했다, 옜다 이건 적지만 용돈에 보태 써라, 하는 사람이 없었다.

17

금단의 열매

*

　　　　　돌고 돌아 다시 누님댁으로 들어갔다. 술집 색시
가 이 집 저 집 팔려 다니듯 내 신세가 가련했다. 잃은 것은 청춘이요,
얻은 것은 지친 몸과 마음이었다. 낭만 학문 꿈 희망 미팅 개뿔이나.

　3학년이 되면서 과의 여타 학생들은 공인회계사 시험 등 각종 시험
준비에 분주했다. 남이 장에 가면 거름 지고 따라가듯이 '그럼 나도?'
하고 공인회계사가 뭘 하는 건지도 알지 못한 채 껍죽거렸다.

　중학교 시절 교장 선생님이 교장으로 가 계신 군위고등학교에 형이 영
어교사로 근무했다. 형은 결혼했고, 학교 근처에 방을 얻어 형수와 함께
살림을 했다. 여름방학에 형이 나더러 거기 와서 공부하라고 했다.

책을 몇 권 챙겨가서 빈 교실에서 공부했다. 건성이었다. 머리에 들어오는 것이 없었다. 아니 책만 펼쳐놓아도 머리가 지끈지끈 아팠다. 손가락 하나 까딱하기 싫었다. 몸에 고장이 난 것 같았다.

짐을 싸 들고 돌아와 아무도 모르게 병원에 갔다. 신경성 고혈압에 노이로제(신경증) 증상이 있다는 진단을 받았다. 치료는? 헐, 마음을 편하게 가지라고 했다. 마음을 편하게? 어떻게? 병치고는 고급 병이었다.

겉은 멀쩡해서 환자라고 해도 누가 알아줄 것 같지도 않았다. 아무에게 알리지도 않은 채 혼자 마음을 편하게 가지려고 애를 써보았다. 그게 마음을 더 불편하게 했다. 짜증이 났다.

어느 날 친구가 찾아왔다.

"여행 같이 안 갈래?"

"여행?"

"응. 며칠 휴가거든."

"가야산 해인사가 어떨까 생각 중이야."

고등학교를 졸업하고 직장에 다니는 친구였다. 돈을 벌어서 여행을 다니는 그 친구가 부러웠다. 나도 어디 취직이나 해서 돈이나 벌 걸.

＊＊

가야산 해인사로 셋이 어울려 2박 3일 여행을 떠났다. 버스에 오르자 만사가 잊히고 앞으로 전개될 일에 기대가 부풀었다. 우리는 주위에 눈치 볼 것 없이 마음껏 떠들었다. 신이 났다. 내가 언제 환자였지?

나는 그때까지 여행이라는 단어를 모르고 살았다. 손으로 꼽아 보았다. 초등학교 때 봄가을로 열두 번의 소풍 중에서 다섯 번, 중학교 때 소풍 빵 번, 고등학교 때 소풍 한 번 그게 전부였다. 학창시절 추억의 엑기스라고 하는 수학여행은 꿈도 못 꾸었다.

첫날은 개울가에서 판초 우의를 깔고 잤다. 덮을 것도 없었다. 아니 장비랄 것도 없었다. 군용 배낭, 군용 판초, 군용 스푼, 군용 항고 대여섯 가지 모조리 군용이었다. 아마 제대로 장비를 갖췄다면 편하긴 해도 재미는 덜하지 않았을까.

개울물 소리에 잠은 잔 둥 만 둥, 그래도 맑은 공기 명랑한 새소리에 몸도 마음도 가뿐했다. 항고에 밥을 짓고 임자가 있는지 없는지 알 수 없는 애호박 하나를 슬쩍해서 된장국을 끓여 밥을 먹었다. 꿀맛이었다. 바쁠 것도 없이 어슬렁어슬렁 걸어 사명당 지팡이나무, 일주문, 대적광전, 팔만대장경이 봉안된 장경각을 두루 구경했다. 다음은 어디? 걱정은 사명당 지팡이나무에 매달아 두고 다녔다.

다니다 보니 암자가 나오고 암자의 스님을 만났다. 이웃집 아저씨 같은 스님은 잘 데가 없으면 암자에서 자고 가라고 했다. 너무나 고마워 하마터면 '아이고 아저씨 고맙습니다.' 할 뻔했다.

스님은 방 하나를 내주면서 고기반찬 가져왔으면 먹어도 좋다고 허락했다. 볼수록 마음에 드는 스님이었다. 스님은 사바(娑婆)니 중생(衆生)이니 해탈(解脫)이니 하는 쓸 법도 한 단어를 한마디도 쓰지 않았다.

그것이 해탈의 경지가 아닐까 싶었다.

3일째 되는 날 가야산 정상에 올랐다. 꼭대기에서 물이 솟다니, 신기하고 신비한 물을 마시지 않을 수 없었다. 시원했다. 기분이 좋았다.

본사(本寺)에 다 와서 비가 내렸다. 많이 올 비가 아니었다. 본사 옆 개울에 가서 가재를 잡았다. 살생을 금하는 곳이라서 그런지 가재가 바글바글했다. 가재를 넣어 찌개를 끓였다. 빨갛게 익은 가재를 이빨로 깨물어 먹었다. 고소했다.

사흘이 후딱 지나갔다. 너무 짧았다. 차마 발이 떨어지지 않았다. 떠나지 않으면 안 될까. 머리를 깎으면 떠나지 않아도 될까.

부러움이란 비교 대상이 있어야 일어나는 감정, 그곳에는 부러워할 대상이 없었다. 자연이 바로 나, 내가 바로 자연이었다. 나와 내가 비교 대상일 수는 없는 법, 거기가 바로 유토피아였다. 그곳을 떠나는 순간 많이 후회할 것 같았다.

18
실낙원

*

과의 대표는 휴강 교섭이 주 임무였다. 우리 과의 대표가 유능했는지 담당 교수가 무능했는지 교섭은 거의 90% 이상의 성공률을 나타냈다. 만세를 불렀다. 우르르 몰려 술집으로, 당구장으로 단체로 이동했다.

단 한 번 미팅에 나간 적이 있었다. 그런 데 익숙지 못한 나는 상대 여학생이 어느 학교에 다니는지 무슨 과에 속해 있는지 심지어 이름이 뭔지도 묻지 못하고 싱겁게 헤어졌다.

동촌 유원지에서 과 단합대회를 가졌다. 유도 특기자로 들어온 덩치 큰 친구와 술 시합이 붙었다. 내가 이겨서 막걸리 한 사발을 이긴 턱으로 마셨다.

지난 2년 반 동안의 대학생활에서 기억나는 것이 그것밖에 없었다. 캠퍼스의 추억도 돈이 있어야 누릴 수 있는 것이었다. 맨날 그놈의 말 상대가 되지도 않는 아이들과 씨름을 해봐야 먹고 자는 게 고작이었다.

고향 친구들과 함께한 짧은 여행은 인간이 밥만 먹고 살 수 없다는 사실을 일깨워 주었다. 판에 박힌 생활, 한 치도 어긋나서는 안 된다는 신념은 죄수의 손목을 옥죄는 쇠고랑임을 인식시켜 주었다.

자유, 해방— 그런 단어들을 잊고 살았음을 여행을 통해 깨닫게 되었다. 질식할 것 같은 통제된 생활이 피의 순환을 어렵게 하고 신경증이라는 문명병을 가져다주었다.

아버지는 이번에도 2학기 등록금을 마련해 주셨다. 이제는 고마움마저 느껴지지 않았다. 사고(思考)의 회로에 고장이 나있었다. 그때는 고장 난 사실조차 알지 못했고 나중에 추측해 보니 그랬을 것 같았다.

정상적인 사고를 했다면 곧바로 수납처에 등록금을 납부했어야 마땅했다. 나는 내려야 할 장소에서 버스를 내리지 않고 그냥 지나쳐 가는 데까지 갔다. 지금 생각하니 거기가 성당못이었던 것 같다. 그때는 주변에 곱창집들이 많았다.

곱창집에 들어가서 곱창을 안주로 술을 마셨다. 돈을 아끼지 않고 술을 더 시켰다. 술에 취했다. 기분이 좋았다.

그렇게 시간을 보냈다. 날마다 기분이 좋았다. 이렇게 좋은 세상을 왜 그동안에는 살지 못했을까 싶었다. 친구들을 찾아다녔다. 술을 얻어먹기도 하고 사기도 했다. 돈은 몇 달 동안 쓸 만했다.

돈이 떨어져 가고 있었다. 친구의 자취방에 가서 빈대를 붙었다. 마음씨 좋은 친구는 나를 내쫓지 않았다. 먹여주고 재워주기까지 했다. 얼마나 좋은 세상이냐. 말도 통하지 않는 꼬맹이들과 씨름하지 않아도 먹고 잘 수 있으니 말이다.

나도 참 수단이 좋았던 것 같다. 그렇게 세 학기 등록금을 타내서 탕진할 때까지 식구들이 눈치를 채지 못했다. 그것은 어렸을 때부터 쌓은 이미지 탓이었다. 쟤는 부지런해, 쟤는 공부를 잘해, 쟤는 착해.

부지런하고 공부 잘하고 착한 것도 바닥이 났다. 이제는 부지런하지도 않고 공부는 팽개쳤고 착하지도 않았다. 한계에 도달했다.

＊＊

다 숨겨도 졸업식은 숨길 수 없었다. 탕자가 고향을 떠나듯이 떠날 시간이 임박했다. 탕자는 물려받은 재산이라도 있지만 나는 있는 것마저 깡그리 없앴다. 빈털터리로 경부선 밤 열차에 몸을 실었다.

'시골 영감 처음 타는 기차놀이라/차표 파는 아가씨와 실랑이하네/아이 세상에 에누리 없는 장사가 어딨어~'

이런 노래라도 부를 기분이면 얼마나 신이 날까. 미구에 닥칠 무서운 세상을 상상하며 오돌오돌 불안에 떨었다.

기차는 삑 하고 종착지에 도착했다. 종착지 없이 그냥 달렸으면 싶었다. 그야말로 오라는 데도 없고 갈 데도 없었다. 날이 밝기를 기다렸다.

춥고 배가 고팠다. 주머니는 비어있었다. 그래도 먹어야 산다. 살아야 붙잡혀 감옥에 가든지 뜻밖에 의인을 만나든지 만날 수 있다.

형이 졸업식이라고 양복과 코트를 맞춰 주었다. 생전 처음 입은 맞춤 양복과 코트였다. 배가 고프니 아무것도 생각나지 않았다. 전당포가 눈에 띄었다. 내가 어쩌다가…. 눈물을 머금고 코트를 잡혔다. 시계, 보석보다 의류는 값을 덜 쳐 준다나 어쩐다나.

주는 대로 받아 쥐고 급한 것부터 해결했다. 서울은 음식값도 비쌌다. 다음은? 직업소개소가 눈에 들어왔다. 참 편리한 세상이다마는 내가 어쩌다가…. 안면몰수 하고 들어갔다. 이리저리 전화를 돌리던 사람이 쪽지 하나를 건네주었다.

주소가 적혀있었다. 무엇하는 곳인지 물어보지도 않았다. 소개료를 받았다. 나중에 알고 보니 이놈은 양쪽에서 소개료를 받아 처먹었다. 쥐꼬리만 한 첫 월급에서 소개료를 공제하던 것이었다.

19
날개 없는 추락

*

　　　그냥 허허벌판이었다. 벌판 가운데 허름한 건물
이 나타났다. 유령이 살 것만 같았다. 직업소개소에서 가르쳐 준 주소
대로 물어서 찾아간 곳이었다.

"누구 계세요?"

건물 어디선가 한 사내가 나타났다. 유령이 아니라서 다행이었다. 나
이는 서른 이쪽저쪽? 얼굴만 유령이 아니지 행색은 유령이나 다름없었
다. 적어도 내 눈에는 그렇게 보였다. 적어도 나는 그때까지는 말쑥한
양복 차림이었다. 코트는 전당포에 벗어 두었지만.

"어떻게 오셨어요?"

"소개받고 왔는데요."

"따라오세요."

사내가 앞장을 섰다.

허허벌판 끝에 근사한 양옥이 나타났다. 조금 전에 본 유령이 나타날 것 같은 건물과 너무나 대조적이었다. 사내는 나를 양옥집 안으로 안내했다.

"사장님, 누가 찾아오셨는데요."

"누가 왔어?"

잠시 후에 나타난 오십 줄의 사내가 사장인 듯했다. 머리가 약간 벗겨지고 몸집이 작았다.

"무슨 일로 왔어요?"

그때까지만 해도 사장은 깍듯했다. 말쑥한 양복이 그렇게 시키는 것이었다.

"사람을 구한다고 해서…"

"아, 그래?"

그 즉시 말투가 바뀌었다. '요놈 보통내기가 아닌걸?' 나는 속으로 생각했다.

사장은 이것저것 꼬치꼬치 캐물었다. "고향은? 나이는? 학력은?" '학력은?' 하고 물었을 때 고등학교라고 얼버무렸다. 대학 중퇴라고 하기는 싫었다. 그러자 사장은 다시 어느 학교인지 물었다. 사장은 나랑 말투가 비슷했다. 고향이 그쪽인 것 같았다. 어느 학교인지 물어본 것도 그래서 알고 싶어 했던 것 같았다.

이걸 말해 말아. 경북고등학교라고 하면 학교가 쪽팔릴 텐데. 잠시 망설이다 남의 학교를 파는 것도 그래서 그대로 밝히고 말았다.

"경북고등학교…."

사장은 깜짝 놀라는 표정이었다. '경북고등학교를 나와서 왜 이런 델 …?' 그런 눈치였다.

사실 그런 문답은 필요 없는 것이었다. 단순 노무자를 구하면서 고향 나이 학력은 무슨 개뿔.

* *

내 팔자도 참으로 기구했다. 거기서도 먹고 자고 월급이라는 게 고작 용돈에 불과했다. 일은 중노동이었다.

탕자가 가진 재산을 탕진한 뒤에 돼지농장에서 돼지를 치면서 한탄했었지. '아버지 농장의 일꾼들은 잘 먹고 잘사는데 나는 이곳에서 돼지만큼도 배불리 먹지를 못하다니.' 그렇게 생각하니 꼬맹이들과 씨름하던 그때가 양반이었다.

그곳은 아교를 만드는 공장이었다. 간판도 없었다. 등록도 돼 있지 않을 것이었다. 세금도 한 푼 바치지 않을 것이었다. 착취를 해도 감시하는 곳이 없을 것이었다. 그래서 주인은 호의호식하고 종업원은 죽어 나는 것이었다.

아교는 수구레로 만든다. 소의 가죽을 벗기고 남은 것이 수구레다. 가죽공장에서는 수구레가 골칫거리다. 그래서 거저 얻어오다시피 했다.

가죽공장에서 큰 트럭으로 실어온 수구레는 수영장처럼 생긴 큰 물탱크에 집어넣는다. 물을 채우고 염산을 뿌려 희석한다. 불순물을 없애는 작업이다. 긴 갈고리로 수시로 뒤집어 불순물을 완전히 없앤다.

불순물을 제거한 수구레는 특수 제작된 큰 가마솥으로 옮겨진다. 가마솥은 사다리를 타고 올라가야 하고 수구레는 무겁고 미끄럽다. 힘든 작업이다. 다음 작업은 도자기 공장의 가마에 불을 때는 과정과 흡사하다. 대형 버너에 가스로 불을 지핀다. 밤을 새우며 계속 지켜보고 있어야 한다. 이때는 당번을 정해 교대 근무를 한다.

이곳에는 나 말고도 세 명이 더 있었다. 그들의 살아온 내력은 들어보나 마나다. 다들 하는 이야기는 '나도 한때는 잘나갔던 남자' 이런 식이다. 이 공식에 단어 몇 개만 바꾸면 역사가 써진다.

그러므로 물어볼 것도 없고 따질 것도 없다. 먹고 자고 일하고 나머지 하나는 술타령이다. 아마 개인의 역사는 겉으로 화려하지만 이면의 역사는 기구할 것이었다. 그걸 잊으려고 술에 의지하는 것일 것이었다. 나도 다를 바가 없었다.

수구레가 녹아서 흐물흐물해지면 불을 끈다. 식기를 기다려 아래 주둥이를 통해 적당량을 뽑아 턱이 낮은 직사각형 상자에 담아 굳히기 작업에 들어간다. 적당히 굳으면 묵을 채 치듯이 채를 쳐서 발에 널어 말린다.

이 작업은 동네 아낙네들이 와서 돕는다. 그러면 우리 인부들은 발을 몇 개씩 포개 어깨에 짊어지고 허허벌판으로 옮긴다. 멸지 발리는 작업과 흡사하다. 다 마르면 다시 걷어 들여 다발로 묶어 출하한다.

* * *

그날이 그날 같으면 그런 인생은 살 가치가 없다. 그래서 맨날 술로
때운다. 어느 날 이래서는 안 되겠다는 깨달음이 왔다. 어머니, 아버지
가 걱정되기도 했다. 몇 달 동안 흔적도 남기지 않고 사라졌으니 어디
가서 죽지나 않았을까 그런 걱정을 하실 생각을 하니 미칠 것 같았다.
'나도 한때는 착한 아들이었는데…' '착하다고 도지사상도 받았는데…'
'지금 꼴이 이게 뭐냐…'

탕자가 돼지 치는 농가에서 배를 곯으며 한탄하는 장면이 떠올랐다.
"내 아버지의 그 많은 품팔이꾼은 먹을 것이 남아도는데, 나는 여기
에서 굶어 죽는구나. 일어나 아버지께 가서 이렇게 말씀드려야지. '아버
지, 제가 하늘과 아버지께 죄를 지었습니다. 저는 아버지의 아들이라고
불릴 자격이 없습니다. 저를 아버지의 품팔이꾼 가운데 하나로 삼아
주십시오.'"

보따리를 쌀 것도 없었다. 입던 옷들은 모두 버렸다. 애틋하게 작별
인사를 나눌 사람도 없었다. 이제 헤어지면 다시는 못 만날 사람들이
었다. 미련 같은 것은 없었다.
달랑 가방 하나를 메고 서울역으로 달려갔다. 역 광장에는 가을 옷
을 입은 사람들이 바삐 오가고 있었다. 그러고 보니 때가 가을이었다.

제2부

살려거든
나처럼

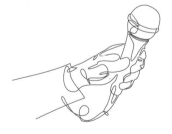

고기는 씹어야 맛이다. 고기를 씹듯이 삶도 씹어봐야 맛을 안다.

1

복낙원

"하느님은 그대를 완전하게 만드셨으나/ 불변한 것으로 만드시지
는 않았느니라./ 그대를 선하게 만드셨으나/ 참고 견디는 것은 그
대의 힘에 맡기셨다…."

– 밀턴의 「실낙원」

왜 하느님은 인간을 완전하게 만드셨으면 그대
로 둘 것이지 변할 수 있는 여지를 두셨을까. 선하게 만드셨으면 그대
로 둘 것이지 의지에 맡기셨을까.

인간이 하느님의 뜻을 헤아릴 수는 없다. 짐작건대 하느님은 인간을 틀
에 찍어내듯이 천편일률로 만들기보다 수고를 무릅쓰고 개개인의 인간
을 손으로 직접 빚어 만드셨을 게 틀림없다. 그래서 생김새도 다르고 성

격도 다르다. 하느님은 거기에 그치지 않고 자유의지를 선물로 주셨다.

거기서 문제가 발생했다. 인간은 하느님의 의도와 달리 자유의지를 멋대로 해석해 무슨 짓이든 해도 된다고 판단했다. 거기서 죄가 생겨났다. 하느님이 실수를 저질렀으리라고 생각지는 않는다. 하느님은 그와 함께 자정능력도 주셨으니까.

8개월 만의 귀가였다. 만감이 교차했다. 탕자도 아버지의 집으로 돌아갈 때 만감이 교차했을까. 나도 탕자처럼 아버지 앞에 무릎을 꿇고 이렇게 용서를 빌 수 있을까.

'아버지, 제가 하늘과 아버지께 죄를 지었습니다. 저는 아버지의 아들이라고 불릴 자격이 없습니다. 참으로 염치없지만 저를 받아주시면 저는 아버지의 머슴이 되겠습니다.'

그러면 아버지는 제 목을 껴안고 입을 맞추며 이렇게 말씀하실까.

'어서 가장 좋은 옷을 가져다 입히고 손에 반지를 끼우고 발에 신발을 신겨주어라. 그리고 살진 송아지를 끌어다 잡아라. 먹고 즐기자. 나의 이 아들은 죽었다가 다시 살아났고 내가 잃었다가 도로 찾았다.'

해거름 녘에 집에 들어갔다. 가슴이 방망이질했다. 발에 쇳덩이를 매단 듯 움직여지지 않았다. 어머니가 먼저 나를 발견하셨다. 어머니도 귀신을 본 듯 그 자리에서 움직이지 않으셨다. 이윽고 내 가슴을 쥐어뜯으셨다.

"이놈아, 야 이놈아. 살아는 있었구나. 설마 귀신은 아니겠지. 이놈아, 어미 속은 썩어 문드러졌다."

아버지도 그 광경을 지켜보고 계셨다. 어머니도 울고 나도 울고 아버지도 우셨다. 석양이 지고 있었다.

아버지의 침묵은 몽둥이보다도 더 아팠다. 차라리 살점이 떨어져 나가도록 몽둥이를 맞았으면 시원할 것 같았다. 한편으로 아버지가 탕자의 아버지처럼 호들갑을 떨지 않은 것은 아버지의 진중함을 보여주시는 것이었다.

탕자의 아버지는 좋은 옷을 입혀라, 반지를 끼워라 하는 것도 모자라 송아지를 잡아 동네잔치를 벌였다. 잔치에 모인 동네 사람들이 이렇게 쑤군거리지 않았을까. '쟤가 창녀들이랑 놀아났대.' '그래서 재산을 모조리 탕진하고 거지꼴이 돼서 돌아왔다며?'

어느 날 어머니가 말씀하셨다.

"야 이것아, 네 아버지는 술만 드시면 우셨다. 네 아버지가 잘 우시는 분이냐. 이것이 죽지나 않았나. 죽지 않으면 언젠가는 돌아오겠지. 그래서 대문도 안 걸었다."

아버지는 속을 쉽게 드러내지 않는 분이셨다. 고등학교 입학시험을 치던 날 집을 나설 때만 해도 아버지가 시험장에 오시리라고 생각지도 않았다. 아버지가 시험장이 어디 붙었는지 아시리라고 생각지도 않았다.

아버지는 촌티가 물씬 풍기는 차림으로 오셨다. 삶은 계란을 싼 보자기 또한 촌티가 물씬 풍겼다. 지극히 아버지다운 모습이었다. 그래서 더 가슴이 뭉클했고, 목이 메어 계란을 삼킬 수 없었다.

술만 드시면 우셨다니, 그럼 매일 우신 셈이었다. 아버지는 술꾼처럼 드시지는 않지만 거의 매일 술을 드셨다. 아마 소리 없이 우셨으리라. 어머니 말씀을 듣는 순간 가슴이 미어졌다.

2
귀양살이

귀향 후 한 달이 됐을 무렵 징집 영장이 나왔다. 영장을 언제쯤 받게 될 것이라는 예상이 귀향을 서두른 이유 중 하나였다.

영장이 반가웠다. 아버지 어머니가 눈치를 주지 않으셔도 내 쪽에서 눈치가 보였다. 동네 사람들 대하기도 편치 않았다. 남들은 군에 가면 썩는다고 하는데 그렇게 썩는 곳이라면 귀양살이하는 셈 치면 되겠다 싶었다.

수용연대에서 열흘을 보냈다. 거기 있는 동안은 군인도 아니고 민간인도 아니다. 복무 기간에 산입되지도 않는다.

"열흘씩이나 썩혀두면 어쩌자는 거야!"

썩는 게 억울한 거지 빨리 훈련을 받고 싶다는 뜻은 아닐 것이다. 나는 열흘을 썩어도 좋고 열흘쯤 더 썩어도 상관이 없었다. 썩어빠진 정신을 고치는 게 더 중요했다. 어차피 귀양살이를 각오했다.

마침내 훈련소로 데려갈 인솔자가 나타났다. 막사 별로 운동장에 집합했다.

"동작 봐라. 차렷, 열중쉬어, 차렷! 눈깔 돌아가는 소리가 빠그락빠그락 들린다. 다시 차렷, 열중쉬어, 차렷!"

민간인이 군인으로 변신하긴 쉽지 않았다. 단상에 선 사람은 계속해서 호령하고 으름장을 놓았다. 겨우 오와 열이 정돈되자 현역 병사들이 인원을 점검한 뒤 넉 줄 횡대로 따로따로 분리했다. 하사 계급장을 단 병사가 내가 속한 무리를 담당했다.

"우리는 3중대 1소대다. 나는 내무반장 최 하사다. 훈련소를 떠날 때까지 여러분과 함께할 것이다. 넉 줄 횡대로 다시 한 번 좌우로 정렬!"

당나라 군대가 따로 없었다. 이 간단한 기초 동작조차 오합지졸을 연출했다. 내무반장 최 하사의 목소리가 올라갔다.

"똑바로 한다. 좌우로 정렬!"

"복창한다, 좌우로 정렬!"

"좌우로 정렬!"

"복창 소리가 작다. 좌우로 정렬!"

"좌우로 정렬!"

"우에서 좌로 번호 시작, 번호!"

엉망진창이었다. 수차례 반복한 뒤에 겨우 번호 부르기를 마쳤다. 나는 앞줄 중간쯤에 서있었다. 그런데 내무반장은 나를 콕 집어 앞줄 맨 우측에 세웠다.

"앞줄서부터 1분대, 2분대, 3분대, 4분대다. 맨 우측에 선 사람이 분대장, 1분대 분대장은 선임 분대장이다. 알았나?"

"예!"

졸지에 선임 분대장이 되었다. 선임 분대장에 뽑힌 이유를 알 수 없었다. 나는 보건체조를 틀리지 않고 해본 적이 없었다. 운동회 때 다섯 명이 달려서 한 번도 3등 안에 들지 못했다. 다리만 흔들면 되는 고고 춤도 못 추는 몸치였다면 더 말할 것도 없다.

하지만 선임 분대장을 맡을 수 없다는 말은 하고 싶지 않았다. 어떤 어려움이 닥쳐도 감수할 생각이었다.

3

기회의 땅

＊

　　　　　　역시 나는 몸치였다. 아무리 '우리는 자유민주주의를 수호하며 조국통일의 역군이 된다' '우리는 실전과 같은 훈련으로 지상전의 승리자가 된다.'라는 '군인 정신'을 달달 외워도 몸이 따라주지 않았다.

　보건체조와 마찬가지로 총검술이 나를 괴롭혔다. 순서도 엉망이지만 동작도 엉성했다. 수없이 지적을 받아도 고쳐질 기미가 없었다. 나만 괴로운 게 아니라 소대원들도 괴로웠다. 나 하나로 인해 단체기합을 받기 일쑤였다.

　우리 소대원들은 모두 마음이 비단이었다. 나로 인해 괴로움을 당해도 원망하는 사람이 없었다. 훈련병에게는 이틀에 담배 한 갑이 지급

되었다. 개중에는 담배를 피우지 않는 사람도 있었다. 그 담배는 내 몫으로 돌아왔다. 몸에는 해로웠는지 모르지만 마음은 위로를 받았다.

훈련소 생활 막바지에 이르렀다. 면회를 왔다는 전갈을 받았다. 당시 훈련소장은 부조리를 없애기 위해 일체의 면회를 금지했다. 그럼에도 면회를 왔다는 게 이상했다. 사실 면회를 올 사람도 없었다.

중대장실에 들어갔다. 중대장 박 대위는 대구가 고향이었다. 내가 그걸 어떻게 알았느냐 하면, 어느 날 중대장의 호출을 받고 갔다.

"자네 경북고등학교 나왔어?"

"예."

"응. 누군가 했어. 알았어, 가봐."

고향 사람이 아니면 그렇게 물을 사람이 없었다. 그래서 동향인 걸 알았다. 중대장은 내가 들어가자 자리를 비워줬다. 상사 계급장을 단 사람이 나를 기다리고 있었다.

"○○○가 자네 친구지?"

"예, 한 동네서 자랐습니다."

"그 친구가 만나보라고 해서 왔네. 자네 어디서 근무하고 싶은가?"

그 친구는 일찍이 자원입대하여 월남 근무를 마치고 구체적으로 알지는 못하나 특수부대에 근무한다고 했다. 내가 입대하기 전 그 친구가 지나가는 말로 했다.

"배치받고 싶은 부대가 있으면 말해라. 내가 힘써 볼게."

하지만 나는 그 문제를 깊이 생각한 적이 없었다. 설령 원하는 부대가 있어도 부탁하고 싶은 생각은 없었다. 그런데 사람을 보냈다.

"저는 그 문제를 생각해 본 적이 없습니다. 명령하는 대로 따르겠습니다."

그러고 말았다. 훈련소 졸업할 날이 임박했다. 어디서 주워듣고 아는지 101보가 어떠니 103보가 어떠니 하고 말들이 많았다. "인제 가면 언제 오나, 원통해서 못 살겠네" 하고 노래를 부르는 사람도 있었다. 나는 개의치 않았다.

막상 배출되는 날이 되자 전방이라며 죽을상을 짓는 친구들이 있었다. 나는 어디로 가는지도 모르고 열차에 태워졌다. 밤중에 영등포역에 내렸다. 다시 트럭을 타고 구로동 어디쯤 부대로 이동했다.

푸른 제복을 입은 사람들이 우리를 맞이했다. 군 죄수들이었다. 무서웠다. 설마 여기서 근무하라는 것은 아니겠지. 죄수들은 우리더러 눈을 좀 붙이라고 했지만 자는 동안 해코지를 할까 봐 눈을 붙일 수 없었다.

새벽녘에 우리는 다시 다른 트럭에 태워졌다. 사방이 꽉 막힌 이상한 트럭이었다. 이건 죄수를 실어 나르는 차 아냐? 그런 생각이 들었다. 나중에 안 사실이지만 그것은 물건을 실어 나르는 샵차였다.

방향도 모르고 실려 갔다. 알려주는 사람도 없고, 아는 사람도 없었다. 불안했다. 설마 면회를 왔던 사람이 내가 대답을 않자 이상한 데로 보내는 것은 아니겠지 생각했다.

얼마나 달렸는지 차가 멈춰 서고 철컥 문이 열렸다. 햇빛과 새소리가 함께 쏟아져 들어왔다. 지옥은 아닌 게 틀림없었다.

차에서 내리자 인원 파악을 했다. 열아홉 명이었다. 열아홉 명은 인솔자를 따라 산속으로 들어갔다. 허름한 집이 나타났다. 식당이었다. 밥과 반찬을 먹고 싶은 대로 퍼서 먹으라고 했다. 오랜만에 배불리 먹었다.

＊＊

그곳이 푸른동산 유원지 내 태릉종합사격장이었다. 사대(射台)가 길게 뻗어있고, 사대 아래 칸에 방을 만들어 내무반으로 사용했다. 지은 지 얼마 되지 않아 깨끗했다.

그날 저녁 우리는 선배 병사들의 환대를 받았다. 선배들은 소주와 과자를 잔뜩 사 와서 마음껏 먹고 마시라고 권했다. 항고 뚜껑에 철철 넘치게 손수 술을 따라 주었다. 오래 술에 굶주렸던 우리는 철철 넘치는 잔을 단숨에 들이켜자 금방 취했다. 모두들 헬렐레해졌다.

바로 그 순간이었다. 선배 병사 중 하나가 "동작 그만!"을 외쳤다. 뒤이어 "팬티 바람으로 연병장에 집합!" 소리가 튀어나왔다.

"이 새끼들 완전 군기가 빠졌어!"

찢어지는 호령에 후다닥 옷을 벗었다. 옷을 벗다 넘어지는 병사도 있었다. 열아홉 명이 연병장에 일렬로 엎드려 뻗쳤다. 우측서부터 퍽퍽 소리가 들려왔다.

"열까지 센다, 실시!"

자기가 맞는 매를 자기가 세는 게 우스꽝스러웠다. 하지만 웃을 수 없었다. 매질 소리와 비명 소리가 어찌나 무섭게 들리는지 지레 벌벌 떨었다. 빨리 맞았으면 싶었다. 오히려 맞는 게 덜 무서웠다.

4
별유천지

하필 팔뚝 굵기 고무호스로 때릴 게 뭐람. 고무호스는 엉덩이에 찰싹찰싹 달라붙어 시퍼런 매 자국으로 남았다. 며칠이 지나도 풀리지 않는 것은 물론 아파서 어기적어기적 걷지 않을 수 없었다.

계획적이었다. 모처럼 만에 술을 마시면 취하는 것은 당연하다. 취하면 헬렐레하는 것도 당연하다. 그걸 트집 잡아 매질을 하다니. 일본 순사같이 교활하고 비열한 인간! 그래놓고 밤새 교대로 사격장 경비 근무를 서게 했다.

우리 열아홉 명은 사격장 경비요원으로 뽑혀 갔다. 사격장을 설계한 사람은 박정희 대통령 경호실장 박종규였다. 박종규는 별명이 피스톨 박으로 불릴 만큼 사격에 관심이 많아 대한사격연맹 회장을 겸하고 있었다.

나는 새도 떨어뜨린다는 막강한 권력을 손에 쥐고 사격장을 건립했다. 재벌들이 후원했다. 사격장 입구 집채만 한 자연석 앞면에는 한자로 백발백중(百発百中)이 새겨져 있고, 뒷면에는 후원한 재벌들의 이름이 새겨져 있다.

사격장은 시설을 보호하는 것도 중요하지만, 민간인 사격 애호가들의 총기와 실탄이 보관돼 있다. 지금도 그렇지만 민간인은 총기와 실탄을 허가 없이 소지할 수 없어 사격장에 보관했다.

사격장에는 육군과 해병대의 사격부대가 일부를 차용해 사용하고 있었다. 소속 부대원은 국가대표급 선수와 이들을 지원하고 관리하는 장병으로 구성돼 있었다. 우리 열아홉 명은 육군 사격지도대 소속이었다.

주 업무는 사격장 경비지만, 주간에는 사대에 나가 선수들 뒷바라지를 했다. 하지만 실상은 뒷바라지가 주 업무고, 경비는 밤에 두어 시간 동초(動哨)를 서면 그만이었다.

그러면 빡세게 부려먹기나 할 것이지 사람을 복날 개 패듯 하는 것은 이해가 가지 않았다. 아무리 군대가 명령에 죽고 명령에 산다지만 날마다 이러면 유사시에 총부리를 거꾸로 겨누지 말라는 법이 없지 않을까 싶었다.

지금도 잊을 수 없다. 눈매가 일본 순사처럼 매섭던 김 병장. 그는 제대 날짜를 받아놓고 있었다. 막상 제대 날짜가 되자 야반도주하듯이 사라지고 없었다.

다행히 매질은 한 빈으로 그쳤다. 며칠 있어 보니 그 부대는 입에서 만고강산이 나올 만큼 편했다. 부대는 장교와 하사관이 30여 명, 사병이 30여 명이었다. 육군본부 직할부대로서 그런 미니부대는 우리 말고는 없을 것 같았다.

열아홉 명 중에 두 명이 행정요원으로 뽑혔다. 그중에 내가 끼었다. 나는 군대를 유배지라 생각하고 군대생활을 귀양살이려니 했는데 이상하게 훈련소에서는 선임 분대장(향도)으로 뽑히고 자대에서는 꽃보직이라 할 수 있는 행정요원으로 뽑혀 꽃길만 걷는 거였다.

곧이어 선임 병사들이 제대를 해나가면서 계급 편성에 빈자리가 생겼다. 자리는 너덧 개에 불과했다. 같은 날 입대해서 같은 날 전입한 병사를 누구는 진급을 시키고 누구는 안 시킬 수가 없었다. 장교 하사관이 투표를 실시했다. 거기서도 내가 뽑혀 초특급 일병 계급장을 달았다.

행정반은 단출했다. 입구를 들어가면 직진해서 오른쪽이 대장실이었다. 출입문에 팻말이 그렇게 붙어있었다. 부대장은 처음에는 소령이었다가 중령으로 격상되었다. 어쨌거나 이상했다. 영관급 방에 '대장실'이라는 팻말이 붙은 것도 그렇고, '대장님'하고 호칭을 하는 것도 그랬다. 입구에서 좌측은 행정반이었다. 행정장교 정 대위가 안쪽 책상 하나를 차지하고 좌우에 김 중사 허 중사가 마주 보고 앉았다. 나는 김 중사 옆, 같이 전입해서 행정요원으로 뽑힌 배 일병은 내가 앉은 맞은편 허 중사 옆에 앉았다.

행정반은 단출한 데다 단란했다. 허 중사는 자주 싱거운 소리로 분위기를 부드럽게 만들고 행정장교나 김 중사도 군대의 상관이라기보다 이웃집 형이나 다름없었다. 이뿐만 아니라 하는 일도 별로 없었다.

5

안 되면 되게 하라

*

내 공식 보직은 교육계였다. 훈련이 없다 보니 보고할 거리도 없었다. 매달 저번 달 것을 베껴서 보고했다. 대회도 자주 열리는 것이 아니라서 선수들 기록도 매번 과거 기록을 베껴서 보고했다.

타자기를 가지고 노는 게 일이었다. 몸치인 나는 손가락도 둔하기 이를 데 없어서 만날 타자기를 끼고 있어도 양쪽 검지 외에 사용하는 손가락이 없었다. 아무리 연습을 해도 늘지 않았다. 느린 만큼 정확도는 있어서 대개 타자는 내가 맡았다.

그런 날이 반복되다 보니 이러다간 인간이 돼서 사회에 나가기보다 나무늘보로 늙어 죽을지도 모른다는 두려운 생각이 들었다. 건전한 신체에 건전한 정신이 깃든다는 낡은 구호가 떠올랐다.

밤에 전우들이 자는 시간에 아무도 모르게 달리기를 했다. 사격장 본 건물 옆 클레이사격장 가는 길은 개울이 있고 숲이 우거져 낮에는 민간인들이 들어와 산책하는 아주 쾌적한 공간이다.

하지만 밤에는 입구에서 지키고 있어서 아무도 들어올 수 없었다. 적당히 경사진 길은 어둡고 무서워서 체력뿐 아니라 담력을 기르기엔 더없이 좋은 코스였다. 가끔은 내 발자국 소리에 놀라 간담이 서늘키도 했다.

달리기는 젬병이지만 혼자 하는 달리기는 언제나 느긋했다. 그렇게 한바탕 뛰고 나면 겨울에도 등에서 땀이 났다. 무서워서도 땀이 날 수밖에 없었다.

취사장 옆에는 바깥에 수도꼭지가 있고 수도꼭지 밑에는 시멘트로 만든 사각의 탱크가 있다. 겨울에는 물탱크가 항상 얼어있다. 얼음을 깨서 물을 뒤집어썼다. 처음에는 정신이 번쩍 들게 춥다가 곧 몸이 훈훈해졌다.

입산수도하는 사람들이 아마 그렇게 할 것이었다. 정신이 맑아지고 몸이 날아갈 듯 가벼워지는 느낌, 그 겨울을 그렇게 보냈다.

경호실장이자 대한사격연맹 회장인 박종규는 큰 그림을 그리고 있었다. 박정희 정부의 슬로건은 "싸우면서 건설하자"였다. 국민을 잘살게 하는 것도 중요하지만, 적과 대치하는 상황에서 국방을 튼튼히 하는 것이 더 중요했다.

박종규가 민간에게 사격을 보급하고 세계선수권대회를 유치한 것도 그런 이유에서였다. 하지만 사격의 기초체력은 부실했다. 사격이 본업인 군대조차 1950년대 FM(field manuel: 야전 교범)에 의존하고 있었다. 국제적으로는 사격이 스포츠로 발전했지만, 우리나라는 참호 속에 숨어서 방아쇠를 당기는 전투 수준에 머물러 있었다.

사격연맹은 우선 선수들에게 필요한 국제적인 경기 규칙과 경기 규칙에 따른 기술을 가르칠 지침서를 보급할 필요성을 느끼고, 그 임무를 우리 부대에 맡겼다. 별게 아니었다. 영어로 된 두 책자를 우리말로 번역하는 작업이었다.

부대장이 그 일은 맡은 이유가 좀 아리송했다. 부대에서 누가 그 어려운 작업을 맡을 수 있을지 생각은 해보았을까? 어쨌든 군대는 하라면 해야 하고, 안 되는 것도 되게 해야 한다.

경호실장의 지시로 열아홉 명을 선발할 때는 아마도 학력도 고려가 된 것 같다. 최소한 대학 졸업생이거나 재학생으로 한정했다. 경비요원을 뽑으면서 그럴 필요가 있었을까. 이건 내 생각이다. 단순히 그런 이유만은 아니지 않았을까. 번역 같은 어려운 일을 맡긴 걸 보면 말이다.

발등에 불이 떨어졌다. 전입 동기 중 한국외대 영문과 재학 중에 입대한 병사가 호출돼 왔다. 행정장교가 병사에게 책 두 권을 떠안겼다. 병사는 난처한 표정을 지었다.

"인마, 안 되면 되게 하는 거야. 가봐."

그렇게 병사는 책 두 권을 들고 물러갔다. 일주일쯤 후 병사는 책 두 권을 도로 가져왔다. 행정장교가 얼굴을 붉히며 말했다.

"뭐야, 그새 끝낸 거야?"

몰라서 묻는 게 아니었다. 오금을 박는 소리였다. 내가 보기에도 그 친구는 책을 펼쳐본 적이 없었다. 혹시 먼지가 묻을세라 가져간 그대로 가져온 게 틀림없었다. 그렇다고 몽둥이로 조져서 시킬 수 있는 일도 아니었다.

책은 며칠째 행정장교 책상 위에서 잠을 잤다. 어느 날 아무도 없을 때 책을 펼쳐봤다. 까만 건 글씨요, 하얀 건 종이였다. 그리고 대학 1학 년 때 교양영어를 배운 후 몇 년 만인가. 못 본 거로 하자하고 얼른 책 을 덮었다.

그래도 마음은 떠나지 않았다. 누군가는 해야 할 일었다. 내가 해봐? 부하가 어떤 일을 망설이자 정주영 회장이 말했다. "자네, 해봤어?"

입으로 만리장성을 쌓는 사람은 많다. 행동으로 쌓는 사람은 적다. 안 된다고 하지 말고 일단 해보자. 안 되는 걸 되게 하는 게 군인의 본 분이다. 마음을 그렇게 다잡았다.

* *

다음 날 행정장교에게 말씀드렸다.

"제가 한번 해보겠습니다."

"그래? 인재는 가까운 데 있었군. 그럼 믿어볼게."

로버트 프로스트의 「가지 않은 길」을 생각했다.

"단풍 든 숲 속에 두 갈래 길이 있었습니다./몸이 하나니 두 길을 가지 못하는 것을/안타까워하며, 한참을 서서/낮은 수풀로 꺾여 내려가는 한쪽 길을/멀리 끝까지 바라다보았습니다.//그리고 다른 길을 택했습니다, 똑같이 아름답고,/아마 더 걸어야 될 길이라 생각했지요./풀이 무성하고 발길을 부르는 듯했으니까요./그 길도 걷다 보면 지나간 자취가/두 길을 거의 같도록 하겠지만요…."

영문과 친구가 반납한 책은 예상대로 깨끗했다. 나는 미지의 길을 만난 듯 한편으로 두렵고 한편으로 기대하는 바도 없지 않았다.

작업시간이 별도로 주어지는 것은 아니었다. 근무시간은 하는 일이 없어도 책상을 지키고 있어야 했다. 밤에 보초도 열외가 될 수 없었다. 자연 동료들과 어울리는 시간, 잠자는 시간을 줄일 도리밖에 없었다.

그것도 팔자려니 했다. 나는 어렸을 때도 집안일을 돕느라 친구들과 어울리지 못했다. 그래서 팽이치기 연날리기 제기차기의 추억이 없었다.

작업은 예상외로 어려웠다. 한 문장에 모르는 단어가 하나둘이면 꿰맞추기라도 하지만 두세 개가 나오면 문제가 달라질 수밖에 없었다. 게다가 흔히 사용하지도 않는 단어, 사전에도 없는 단어가 나오면 당황하지 않을 수 없었다.

내가 사용하는 사전은 웹스터 영한대사전이었다. 영어교사인 형이 사용하는 것을 억지로 가져왔다. 거기에도 없는 단어라면 없는 단어였다. 따라서 작업시간의 절반은 사전을 뒤지는 데 사용하고 절반은 모르는 단어를 대강이라도 뜻이 통하게 우리말을 찾아내는 데 할애했다. 그러다 보니 힘은 힘대로 들고 작업은 진척이 없었다.

그 지경에 이르자 왜 시키지도 않은 일을 맡았을까, 후회가 막심했다. 그러게 가지 않은 길을 선택하지 말았어야 하는데.

진척이 전혀 없었던 것은 아니다. 사격규정집은 부피도 작고 문장도 비교적 평이했다. 규정집은 곧 책으로 출판되었다. 그러자 한 권씩 나눠 가진 선수들은 나를 범상치 않게 바라보았다. 엄지 척하며 손을 치켜세우는 사람도 있었다.

단순히 좋아할 것이 아니었다. 범상치 않게 바라보는 시선, 엄지 척하며 손을 치켜세우는 사람들 마음속에는 다음 책에 대한 기대와 너를 믿는다는 뜻이 함축돼 있었다. 어떻게 그 많은 사람의 기대와 믿음을 저버릴 수 있단 말인가.

6

운 명

도와주는 사람은 아무도 없었다. 간혹 부대장이나 행정장교가 "잘 돼가니?" 하고 묻곤 했다. 그건 서두르라는 뜻과 다름 없었다.

외로웠다. 밤이나 낮이나 외로웠다. 밤에는 늦게까지 행정반 사무실에 혼자 불을 밝히고 있었다. 보초 교대를 하러 오가는 발소리만 들릴 뿐 '허뻐도' 문을 열고 들여다보는 동료는 없었다.

휴일 낮에는 사격장 잔디밭에서 편을 갈라 축구시합을 했다. 무슨 내기를 하는지 와와 소리만 크게 들려왔다. 소리가 잠잠하면 시합이 끝나고 내기에 걸었던 뭔가를 먹고 있을 것이었지만 나를 부르는 사람은 없었다.

무지무지하게 외로웠다. 그때 고향이 같은 한 동료가 다가왔다. 동료라고 하지만 내가 늦게 입대한 관계로 나이는 세 살이나 아래였고, 학교도 3년 후배였다. 그래서 둘이 있을 때는 형이라고 불렀다.

"형, 내가 아가씨 하나 소개할까?"

"아가씨? 어떤 아가씬데?"

그는 허풍쟁이였다. 열을 말하면 아홉은 허풍이었다. 그래서 데리고 놀던 술집 아가씨려니 했다. 그런데 그날은 진지했다.

"그러지 말고 주소를 알려줄 테니까 편지를 한 번 띄워봐."

허풍쟁이는 주소를 알려주고 갔다. 허풍쟁이의 말을 믿어, 말아.

설마 그런 일로 장난을 치진 않겠지. 허풍쟁이는 이모의 친구라고 소개했다. 해수욕장으로 유명한 고향 대천에서 상경해 이모와 같은 자수(刺繡) 일을 한다고 했다. 밑져야 본전이지.

편지를 썼다. 답이 오지 않았다. 하긴 뭐, 군대 졸병 뭐 볼 게 있다고. 내가 잰 것처럼 그쪽도 재지 않겠는가.

잊을 만했을 때 답장이 왔다. 그렇지. 여자가 튕기는 맛이 있어야지. 외로움에 찌들었던 나는 뜸 들일 새도 없이 곧바로 답장에 답장을 보냈다. 한 번 물꼬가 트이자 그녀와 나 사이에 편지 전용 고속도로가 개통을 했다.

부대는 변두리이긴 하지만 엄연히 서울에 소재해 있었다. 사격장은 '푸른 동산'이라 이름이 붙은 유원지 안에 있고, 태릉(문정왕후의 능), 강릉(명종과 인순왕후의 능)이 경내에 있으며, 육군사관학교 후문과 맞닿아 있었다. 따라서 부대 정문 밖은 입으로 즐길 곳이 많았다. 시간만 나면 동료들은 그리로 몰려가 입을 즐기곤 했다. 하지만 나는 귀로 즐기는 데 만족해야 했다.

나도 능력남? 나한테 능력이 있는지 몰랐다. 그녀가 부대로 면회를 왔다. 나도 그렇게 빨리 만남이 이루어질지 몰랐다.

상상했던 것보다 못생겼으면 어떡하지? 짜아식, 저는 뭐 내세울 게 있다고. 혼자 선문답을 했다. 괜한 걱정이었다. 첫눈에 홀딱 빠져버렸다. 아무리 외로워도 호박과 수박은 가릴 줄 아는 내 눈이 고마웠다.

나는 그녀를 유원지 내에 있는 강릉으로 안내했다. 강릉은 명종과 인순왕후의 무덤이다. 그때는 세계문화유산으로 등재되기 전이어서 잘 꾸며지지도 않았고 찾는 사람도 드물었다. 호젓했다. 둘이 데이트를 즐기기에 안성맞춤이었다.

나는 그녀가 방심한 사이 살며시 손을 잡았다. 흠칫 놀라긴 했으나 빼지는 않았다. 우리는 단독범에서 공범 관계로 발전했다. 그로 말미암아 외로움은 설 자리를 잃고 말았다. 나는 속으로 만세를 외쳤다.

돌아와서 밥을 먹었다. 그녀는 나는 비싼 것을 시켜주고 자기는 '아무거나'를 먹었다. 살다 보니 이런 세상도 있구나 싶었다.

그날 우리는 많은 이야기를 한 것 같은데 기억나는 것은 하나도 없다. 그냥 같이 있는 분위기 자체가 너무 좋았던 탓이었을 게다.

7

나의 벗, 나의 천사

처음에는 편지 전용 고속도로였다. 한 번 면회가 성사되자 편지보다 사람이 그 길을 더 자주 이용했다. 나는 마치 그녀가 면회 오는 날은 기다리는 사람처럼 버릇이 들여졌다.

그렇다고 일을 게을리 한 것은 아니다. 그녀가 왔다 가면 오히려 일은 가속도가 붙었다. 그녀를 붙잡아 두지 않으면 아무것도 이룰 수 없을 것 같았다.

어느 날 그녀와 산책을 하고 밥을 먹고 늦은 시간까지 술을 마셨다. 시간을 끌려고 계획했던 것은 아닌데 막차를 놓치고 말았다. 부대 주변에 그녀 혼자 자게 할 수 없었다. 하는 수 없이 같이 밤을 새웠다. 손만 잡고 잤다면 믿을 것인가.

이제는 살아도 죽어도 같은 운명이었다. 시위를 떠난 화살을 과연 누가 멈추게 할 것인가.

급했다. 잠시 휴가를 얻어 집에 갔다. 손톱도 안 들어갈 소리라고 펄펄 뛰었다. 하긴 대책도 없는 그런 결혼을 허락할 부모는 이 땅에 없을 것이었다. 그보다도 어머니는 시골 옆집 둘째 아들을 예로 들었다.

옆집 둘째 아들은 제대하면서 여자를 데려와 살림을 차렸다. 한동안 깨를 볶는 듯이 잘살았다. 그 시간은 길지 않았다. 하루도 조용할 날이 없었다. 여자가 문제였다. 싸움은 여자로부터 비롯되었고 여자가 더 길길이 날뛰었다. 소문으로 들으나 하고 다니는 꼴이나 놀던 여자임이 틀림없었다.

나는 어디 갖다 댈 데가 없어 그런 데 비교하느냐고 고집을 피웠다. 그러면 한 번 만나는 보자 해서 부대로 돌아왔다.

아마 그녀 쪽에서도 쉽사리 허락할 리가 없었다. 오히려 그녀 쪽이 더 불리했다. 장래가 보장된 것도 아니고 군바리 졸자를 뭘 봐서 귀한 딸, 귀한 동생을 맡긴단 말인가.

한동안 면회 신청이 쇄도했다. 먼저 어머니가 그녀를 만났다. 어머니는 얼굴을 뜯어보고 이마를 쓸어보고 귀를 만져 보았다. 그리고 하시는 말씀이 "군인한테 시집와서 뭐 먹고 살래?"였다. 그녀가 물러나라는 뜻이었다.

사실 가장 현실적으로 아픈 부분이었다. 지금 와서 생각해도 무슨 배짱으로 감히 결혼을 들고 나왔는지 알 수 없었다.

그녀 쪽에서도 형부 되시는 분이 면회를 왔다. 이런저런 심문을 받았다. 나중에 동서가 되신 분은 나이는 나보다 20년 연상이지만 생각이 퍽 전향적이었다. 대체로 마음에 들어 하신다는 눈치를 챌 수 있었다.

결국, 사랑이 승리했다. 서둘러 날을 잡았다. 해를 넘기기 열흘 전 12월 21일, 김 상경녀와 이 졸따구는 종로예식장에서 백년가약을 맺었다. 부대장이 주례를 서고 부대 동료들이 트럭을 타고 와 하객으로 참석했다. 양가 하객은 가족과 일부 친지였다.

많은 사람의 축복을 받지는 못했지만 하늘은 무심치 않았다. 온양온천으로 향하는 고속버스에 자리를 잡았을 때 목화송이 같은 눈이 내리기 시작했다. 온천에 도착할 때까지 계속해서 쏟아졌다. 하늘이 내리는 장엄한 세례에 가슴이 벅찼다.

온천의 하룻밤, 약식 신혼여행이지만 불만은 없었다. 처갓집에 들러 이틀 밤을 자고 보금자리로 돌아왔다.

보금자리는 종로구 화동 언덕배기에 있었다. 형식은 이 층인데 아래 층엔 사는 사람이 없었다. 이 층은 방이 둘, 그중 하나가 우리 방이었다. 부엌은 따로 없고 복도의 아궁이가 부엌이었다.

살림은 아주, 아주 단출했다. 아내가 처녀 시절 늘 옮겨 다녔을 반닫이 하나, 새로 장만한 비키니 옷장, 본체보다 배터리가 더 큰 소형 라디오, 그리고 작은 솥 하나, 냄비 하나 숟가락 두 벌이 전부였다.

그래도 이 층이라 앞은 틔었다. 바로 눈 아래로는 윤보선 대통령의 아흔아홉 간 저택이 내려다보였다. 저택의 아름드리나무들은 그 집에 거주하는 사람들은 둥치만 볼 수 있을 테지만 우리는 그 넓은 저택의 나무들은 한눈에 바라볼 수 있었다. 그 집은 실은 우리 집 정원인 셈이었다.

8

임도 보고 뽕도 따고

열흘간의 휴가는 순식간에 지나갔다. 귀대 신고를 하는 자리에서 부대장이 웃으면서 말했다. "이 병장, 일을 빨리 마무리 못 하면 제대는 물 건너가는 거야."

손으로 꼽아 보니 약 7개월이 남았다. 그것도 김신조 일당의 청와대 습격사건으로 두 달이 미뤄졌기 때문이었다. 어쨌든 그 이전에 책이 출판돼야만 했다. 급한 쪽은 출판사였다. 승일출판사, 사장은 정승희, 40대 여성, 미망인, 여성 사격연맹 회장. 소문으로는 박종규와 정승희의 죽은 남편이 친한 사이였다고 한다. 그래서 굳이 여성연맹을 따로 두었다. 위인설관? 그런 셈이었다.

어쨌든 승일출판사에서 책을 출간하는 것은 기정사실이었다. 먼저 사격규정집을 거기서 출간한 바 있었다.

정승희가 자주 부대에 들락거렸다. 아마도 번역을 재촉하는 것 같았다. 그럴수록 나도 신경이 쓰였다.

2월 중순 어느 날, 정승희가 다녀간 후 부대장이 호출했다.

"이 병장, 아무래도 안 되겠어. 이 병장이 출판사에 가서 일을 빨리 마무리 짓도록 해야겠어."

지당한 말씀이었다. 부대에서는 일이 아무리 급해도 근무시간에는 손을 댈 수 없었다. 진즉 그런 조치가 있어야 했다.

공식적으로 영외거주를 허락받았다. 나야 뭐 임도 보고 뽕도 따는 셈이었다. 당장 이튿날부터 출판사로 출근했다. 일반 회사원들처럼 양복에 구두를 신었다. 20여 분 거리에 출판사가 있었다.

사장실은 비어있고, 사무실엔 여직원 혼자 앉아있었다. 내 책상은 여직원 맞은편에 있었다. 여직원이 차를 타 주어서 마시고 작업을 시작했다. 여직원은 입이 무거운 편이었다. 그래서 작업에 방해받을 일은 없었다.

게다가 사무실 전화는 늘 조용했다. 점심을 시키는 것 말고 수화기를 드는 걸 볼 수 없었다. 여직원도 책을 보는 등 개인적인 일 이외에는 하는 일이 없었다. 유령 회사? 그러고 보면 사장실은 필요 이상으로 화려하게 꾸며놓았다. 그럼에도 명색이 출판사이면서 전시용이나마 책한 권이 없었다. 그래 놓고 사장은 코빼기도 보이지 않았다.

사장이 딱 한 번 출판사에 들른 적이 있었다. 잠시 사장실에 머문 뒤 봉투 하나를 건네주고 떠났다. 나중에 열어 보니 일금 7만 원이 들어있었다. 사례비로 알고 받았다.

5월 초순이었나 보다. 원고를 인쇄소로 넘겼다. 인쇄는 서울신문사가 맡았다. 출판사 사무실에서 신문사 근처 여관방으로 자리를 옮겼다.

그때는 활자를 하나하나 뽑아 조판을 해서 인쇄기에 돌리던 시절이었다. 아무리 능수능란한 문선공이라 할지라도 활자를 완벽하게 뽑을 수는 없었다. 인쇄된 것을 고치고 또 고치고 적어도 다섯 번은 확인해야 겨우 통과가 되었다. 시간이 많이 걸렸다.

시간을 지연시킨 또 하나의 과제가 있었다. 일본어 원서인 클레이사격은 다른 사람이 맡았다. 아마도 해방 전에 교육을 받은 사람인 것 같았다. 우리말로 옮긴 것을 다시 우리말로 옮겨야 이해가 되었다.

제대 한 달여를 남기고 귀대했다. 뒤에서 이상한 소리가 들렸다. 출판사 사장으로부터 돈을 받은 걸 말하는 것 같았다. 그 여자는 무슨 큰 은전을 베푼 것같이 그런 말을 옮겼는지 알 수 없었다. 그걸 받아서 쑤군거리는 사람도 마찬가지였다.

그 사람들은 내가 어떤 수고를 했는지 모른다. 까짓것 알아주거나 말거나. 다만 부대에 있었으면 주는 밥 먹고 주는 옷 입고 주는 잠자리에서 잤을 게 아닌가.

내가 내 이익을 취하기 위해서 한 일도 아니지 않은가? 내 밥 먹고 내 잠자리에서 자고, 실은 아내가 제공했지만 그러고 다니지 않았는가. 명색 가장이 돼서 일을 마치고 집으로 돌아가면서 통닭 한 마리도 사 들고 들어가면 안 된단 말인가.

내가 힘들어할 때 뭐 해준 게 있다고 뒷공론인지 알 수 없었다. 한 귀로 듣고 한 귀로 흘렸다.

9

재주는 곰이 부리고

　　　　　　사격백과, 660여 페이지, 사격의 모든 종목에
서 스포츠 심리학까지. 나는 이 책을 최소한 열 번은 읽었다.

　최근 인터넷에서 1974년에 발간된 중고서적에 40,000원의 정가가
매겨진 것을 보고 한편 놀라고 한편 감회가 새로웠다. 당시 초판본을
5,000부를 찍었고, 가격은 권당 4,000원이었다. 출판사는 얼마의 수익
을 올렸을까. 정확히 알 수 없지만 인쇄비는 거의 들지 않았다. 당시 서
울신문은 정부 기관지였고, 경호실장 입김이면 그 정도는 해결할 수 있
었다. 제 돈 들일 것 같으면 굳이 서울신문사에서 찍을 이유가 없었다.

　판매는 걱정할 것이 없었다. 각종 사격대회가 속속 신설되고 그에 따
라 학교마다 지방마다 사격팀이 우후죽순으로 창설되었다. 정권의 슬
로건이 '싸우면서 건설하자' 아니던가. 나는 정승희가 얼마를 벌었는지

관심이 없었다. 정승희가 돈을 벌수록 그 책을 구입해서 읽은 사람이 많았다는 뜻이다. 초판 매진 이후 재판을 발행한 거로 알고 있는데 거기에 피와 땀을 쏟은 사람으로서 대단히 기뻐할 일이다.

고백할 것이 있다. 나는 최선을 다했지만 매끄럽게 옮기지 못한 부분이 여러 군데 있었다. 어쩔 수 없었다. 사전에 없는 단어는 나로서는 불가항력이었다. 지금 고백한들 무슨 소용일까만 그 부분은 미안하다.

또 고백할 게 있다. 정승희로부터 7만 원은 받지 말았어야 했다. 내 딴엔 아내에게 얹혀서 공밥을 먹는 게 미안해서 별생각 없이 그 돈을 받았다. 무슨 이유든 절대 받지 말았어야 했다. 그래도 할 말은 하자. 그게 그렇게 큰 은전인가? 나는 부대에 있을 때 근무시간 외에 수개월간 초과근무를 했다. 영외에 나와서는 내 밥 먹고 내 발로 걸어 다녔다. 내 머리를 쥐어짜고 일에 진척이 없으면 스스로에게 화를 냈다. 그 보상이 똑 부러지게 5만 원도 아니고 10만 원도 아니고 7만 원? 그걸 무슨 큰 은전을 베푼 듯이 소문을 퍼뜨린 건 참으로 이해할 수 없었다.

재주는 곰이 부리고 돈은 누가 먹는다더니 내 딴엔 실컷 고생하고 마지막 판에 큰 오점을 남기고 말았다. 정승희는 언젠가 부대에서 여러 장교들이 있는 자리에서 이런 말을 했다.

"이 병장은 제대하면 내가 책임질 거야."

무슨 책임을 어떻게 진다는 건지 알 수 없지만 책이 출간된 이후 정승희는 코빼기도 본 적이 없다. 그 후 여러 해가 지난 후 스스로 목숨을 끊었다는 뉴스를 신문에서 읽었다.

10

주홍 글씨

사회, 사회 그놈의 사회. 졸병들은 툭하면 사회를 들먹였다. 사회에 있을 때는 금송아지가 몇 마리였다거나 이놈의 군대를 마치고 사회에 나가면 자가용을 굴리며 떵떵거리고 살 것처럼 떠벌였다.

사회에 나왔다. 남들이 그토록 장밋빛으로 그리던 사회는 그렇게 호락호락하지 않았다. 신문 방송은 나라 경제가 눈부시게 발전한다고 하는데 내가 일할 곳은 없었다. 날마다 사람을 구한다는 신문 광고란을 들여다보는 게 일이었다.

모집, 모집, 모집…. 가보면 모조리 영업사원 모집이었다. 살 사람이 파는 사람을 찾아가는 영업이 아닌 팔 사람이 살 사람을 찾아가는 영업이었다. 이른바 외판사원.

나는 내가 사교성이 없다는 걸 안다. 과장해서 번드르르하게 말하는 능력이 없다는 것도 안다. 한마디로 영업사원이 체질에 맞지 않다. 한 번은 이상한 광고를 보고 갔다.

2, 3일 동안 강당에 모아놓고 그럴듯하게 강의를 했다. 전통 차니 전통문화니 백자는 어떻고 청자는 어떠니 들어서 나쁠 것은 없었다. 처음 이틀 동안은 그렇게 떠들었다.

마지막 3일째, 첫 시간은 우리나라의 출판문화에 대해서, 둘째 시간은 우리 국민의 독서 수준에 대해서 열불 나게 강의를 했다. 마지막 셋째 시간, 드디어 마각을 드러냈다. 책 외판이었다.

속아 지낸 사흘이 아깝고 분해 실습을 나갔다. 두 사람씩 짝을 지어 주택가 골목길을 헤매고 다녔다. 대문은 모두 꼭꼭 닫혀있었다. 용기를 내어 벨을 눌렀다. 응답이 없거나 응답이 있어도 '어서 오십시오.' 하고 철컥 문을 열어주는 사람은 없었다.

마지막 강의 시간에 강의를 맡은 사람은 문이 열리면 반은 성공한 거라고 했다. 문을 열게 하는 방법은 개인의 능력이라고 했다. '책 외판원입니다.' 하면 백발백중 '안 사요.' 하는 대답이 돌아왔다. 문화 전도사? 그런 말에 속아줄 사람은 없었다.

어쩌다 문을 열어주는 사람이 있었다. 그쪽은 이쪽보다 더 닳고 닳아 이쪽의 말문은 닫아버렸다. 허탕을 쳤다. 이튿날도, 이튿날도 허탕을 쳤다. 문을 열어주지 않는 사람도, 사지 않는 사람도 원망할 수 없다. 그 사람들도 하루에 수십 차례 눌러대는 벨 소리가 귀찮았을 것이었다.

좋은 적에 때려치웠다. 잠재적인 고객의 입장을 대변하는 나는 그 일을 계속할 수 없었다. 적성에 맞지도 않았다.

대기업에서 사원을 모집한다는 광고가 났다. 조건은 없었다. 응시원서를 제출하고 시험 날짜를 기다렸다. 영어 상식 등 네 과목을 시험을 봤다.

며칠 후 엽서가 날아왔다. '귀하는 필기시험에 합격하였으므로 모월 모일 면접시험에 응해 주시기 바랍니다.' 뛸 듯이 기뻤다. 등용문이 활짝 열리는 것 같았다. 삼성이 까다롭다는 말을 들었지만 면접시험은 형식적이라는 의견이 대세였다.

총수와 일대일 면접을 했다. 대학에서 무엇을 전공했는지 물었다. 잠시 머뭇거리다 중퇴자라고 솔직히 고백했다.

그래도 혹시나 하고 기다렸다. 역시 엽서가 날아왔다. '본사에 관심을 가지고 시험에 응해 주셔서 감사하다', 애석하게 됐으니 다음 기회에 다시 한 번 도전하라는 내용이었다. 불합격이라는 말을 참으로 어렵게 하는구나, 생각했다.

주홍 글씨. 불륜으로 사생아를 낳은 헤스터 그린은 평생 가슴에 붉은 글씨를 새긴 채 살아야 했다. 사랑이니 뭐니 따위 이유는 필요 없었다. 남편 있는 여자라는 게 가장 큰 이유였다.

중퇴자, 그것은 내가 평생 가슴에 새기고 있어야 할 붉은 글씨였다. 죄는 잠시지만 벌은 무덤처럼 처량하고 가혹하고 영원한 것이었다.

11

동아줄

사내아이가 태어났다. 귀여웠다. 아비는 아이를 축복해 줄 입장이 아니었다. 직업이 없는 아비는 제 발등의 불도 끄지 못했다.

아내는 더 이상 직장에 나갈 수 없었다. 벌어오는 사람은 없고 쓸 사람은 셋으로 늘었다. 하는 수 없이 아흔아홉 간 정원을 포기해야만 했다. 방을 빼서 변두리 싸구려로 옮겼다. 방을 얻고 남은 돈을 곶감 빼먹듯이 생활비로 썼다.

서대문교도소 건너편 현저동 산비탈. 돈은 돈값을 한다. 눈이 오면 골목길은 아이들의 눈썰매장으로 변했다. 골목길은 또한 바람의 놀이터가 되기도 했다. 아래에서 위로, 위에서 아래로 거침없이 내달렸다.

골목과 맞닿은 벽은 빙벽이나 다름없었다. 빙벽은 자체에서 바람을 생산하는 능력을 갖췄다. 온 방 안에 찬바람이 고루 전파되었다. 그렇걸랑 연탄불이나 잘 들일 것이지 방바닥이 사람 덕을 보려고 했다.

셋이 꼭 껴안고 잤다. 열이 부족해 더욱더 꼭 껴안았다. 아마 가족 간에 그때보다 정이 더 깊었던 적은 없었던 것 같다. 그렇지만 가끔은 먹여주고 재워주는 건너편 교도소가 더 나을 것 같다는 생각도 했다.

봄바람이 불건만 제비는 돌아올 기미가 없었다. 소도 사흘을 굶으면 담을 넘는다는데 담이라도 넘을까. 그러면 나 하나는 먹여주고 재워주는 곳에 들어가 편히 지낼 테지만 가족은? 실상 나는 가족을 몹시 생각하는 것 같았으나 가족을 진짜 사랑하는 방법을 모르고 있다.

가족을 진짜 사랑한다면 가족을 버렸어야 했다. 그때는 중동과 독일이 우리나라의 서부였다. 금을 찾아 서부로 몰려가던 미국인들처럼 우리 국민들은 돈줄을 찾아 중동으로 독일로 떠났다. 그때가 기회였다.

좀생이는 그저 가족과 붙어있어야 가족을 사랑하는 줄 알았다. 가족과 떨어져서는 안 되는 관계인 줄 알았다. 청맹과니 같으니라고.

『씨알의 소리』 발행인 함석헌은, 한국인은 대대로 아랫목에서 죽어갔다고 했다. 집 떠나기를 싫어하는 것에 대한 일침의 소리였다. 나 역시 조상의 피는 속이지 못했다. 대신 죽으라는 법은 없다는 말은 매우 신봉한다.

누님이 연락을 해왔다. 자형 가게에 와서 일하라는 것이었다. 집에 망원경이라도 있는지 내가 가장 궁지에 몰려있는 때를 노려 연락을 해온 것이다. 그전에도 말이 있었지만, 일방적으로 도움을 받는 것 같아 마음에 두고 있지 않았다. 뿐더러 그 일이라는 게 노가다나 다름없었다.

자형은 철도공무원으로 오래 봉직했다. 공무원 봉급은 빠했다. 아이 다섯을 키우고 가르치기 빠듯했다. 자형의 중형은 오래전에 영등포에 철재상을 차려 자리를 잡았다. 당시는 산업이 일어나던 때라 전망도 밝았다.

대구 살림을 정리한 자형은 중형과 마찬가지로 영등포 문래동 거리에 철재상을 차렸다. 없어서 못 팔았다. 종업원도 너덧 명 거느렸다. 거기에 와서 일하라는 것이었다. 그때는 숨이 목까지 차 있었다. 하늘이 내려준 동아줄이려니 하고 잡지 아니하지 못하였다.

12

태어나는 것이 아니라 만들어지는 것

*

쇠붙이(철강재)는 모양과 크기와 성질에 따라 수십, 수백 종으로 분류할 수 있다. 먼저 모양이 편편하면 철판, 둥근 모양은 환봉, 속이 빈 것은 파이프, ㄱ자, ㄷ자, ㅁ자 모양은 각각 앵글 채널 I빔, H빔, 각철이라고 한다.

성질에 따라서는 크게 연철과 강철, 특수강 등으로 분류할 수 있고, 두께와 크기는 천차만별, 일일이 열거할 수도 없다.

내가 아는 것은 철판, 파이프 정도였다. 이름을 익히는 것이 급선무였다. 다른 가게들과 달리 자형 가게는 만물상이었다. 고철, 신철 구별 없이 모두 취급했다.

손님은 옷 가게에서 옷 사듯이 생긴 대로 사지 않는다. 필요한 만큼만 사간다. 철판을 예로 들면 두께 얼마에 가로세로 얼마, 파이프를 예로 들면 직경 얼마 두께 얼마 길이 얼마, 이런 식으로 요구한다.

장사꾼은 손님의 요구에 맞게 잘라서 파는 대신 자투리를 남기지 않아야, 남더라도 다시 팔 수 있게 재단을 해야 진짜 장사꾼이다. 그러려면 가게에 쌓여있는 물건 전부를 머릿속에 저장해 두지 않으면 안 된다.

다음은 쇠를 다루는 요령이다. 쇠는 부피에 비해 무게가 무겁다. 작아 보여도 떨어지는 쇠의 충격은 생각보다 크다. 가령 1kg 아령을 발등에 가만히 올려놓으면 무게 감각이 없지만 30cm 높이에서 떨어지면 뼈를 부러뜨릴 수도 있다. 그러므로 쇠를 다룰 때는 첫째도 조심, 둘째도 조심이다.

모양에 따라 길이에 따라 크기에 따라 옮기는 방법도 제각각이다. 그때는 도르래의 원리를 이용한 상하 이동 수단은 있었지만, 수평 이동 수단은 없었다. 그래도 이동시켜야 할 때 지혜와 요령이 있어야 했다.

사나운 게 콧등 성할 날 없다고 이 과정을 터득하기까지 열 개의 손톱, 발톱이 다 빠졌다. 지렛대가 튕겨 이마가 찢어지고, 쇳덩어리가 떨어져 발등이 깨지기도 했다. 여러 사람이 힘을 모아서 일을 할 때 호흡이 맞지 않아 사고를 당하기도 했다.

한 번은 떨어지는 쇳덩이에 맞아 엄지발가락이 깨졌다. 깁스를 하고 집에서 쉬고 있었다. 의사는 잠잘 때는 발을 높이 올리고 이동을 할 때는 반드시 목발을 사용하라고 했다. 당분간은 집에서 쉴 수밖에 없었다.

자형은 내가 하는 일은 뭐든지 못마땅해했다. 뼈 부러진 것을 두고
도 "무슨 죽을병이 걸렸다고, 집구석에 처박혀서 출근도 않나. 손은 성
하니 가게에 나와서 전화라도 받을 것이지." 하고 모진 소리를 했다.

또 한 번은 손님이 급하다고 해서 우선 눈에 띄는 물건을 잘라서 팔
았다. 그걸 보고 또 트집을 잡았다.

"찾아보면 어디 있어도 있을 텐데 귀찮다고 아무거나 잘라대면 앞으
로 남고 뒤로 밑진다는 걸 알아야지. 머리는 뒀다 어디 쓰니?"

옛날에 그릇 잘 깨는 며느리가 있었다. 옛날 고부간이야 다 그렇고
그렇지 않은가. 며느리가 설거지를 하다 그릇을 깨다 시어머니에게 들
켰다.

"하다 하다 인제는 어제 산 밥그릇도 깨는구나. 살림 참 자알 한다."

"어머님, 제가 잘못했어요. 용서해 주세요."

며느리도 이랬으면 좋았을 텐데 며느리도 여간 아니었다.

"어머님은 제가 미우세요? 헌 그릇을 깨도 탈, 새 그릇을 깨도 탈, 그
럼 무슨 그릇을 깨란 말이에요."

자형은 내가 뭣을 해도 못마땅해했다.

자형 가게에는 자형의 사촌 동생이 직원으로 있었다. 사촌 동생에게
는 가게에 딸린 살림집도 내주고 나보다 월급도 더 주었다.

사촌 동생은 잘하는 게 별로 없었다. 아주 없지는 않았다. 눈치 보며
살살거리기와 일하다 몰래 나가서 술 마시기는 선수였다. 하루는 일하
다 말고 나가기에 뒤를 밟아보았다. 뒷골목 구멍가게로 들어가서 소주

한 병을 땄다. 맥주 컵에 반을 따라 단숨에 마셔버렸다. 그러고 나서는 안주도 먹지 않고 입을 닦고 나왔다.

남은 반병도 곧 마셔서 없앨 것이었다. 그런 사람이 일을 잘할 리는 없었다. 그래도 무사통과였다.

* *

절이 싫으면 중이 떠나면 된다. 떠나지 못하는 것은 시몬느 드 보부아르가 말한 대로 관습에 젖어버렸기 때문이었을 것이다. 관습에 젖는다는 것은 곧 길들여진다는 뜻이다. 매 맞는 여자가 집을 떠나지 못하는 것도 그런 이유다.

나도 길들여졌을까. 그래서 못 떠나는 것일까? 솔직히 말하면 당장 갈 곳도 없기도 하고, 어디 다른 가게에 가서 일을 하더라도 일머리는 제대로 알아야겠다는 생각이 없지 않았다. 그래서 관망하며 그냥 붙어 있었다.

나는 손에서 줄자와 노기스(버니어 캘리퍼스: 물체의 두께, 지름 따위를 재는 기구)를 놓지 않았다. 끊임없이 물건의 길이와 두께와 크기를 쟀다. 그 세 가지 수치만 알면 정확한 무게도 산출할 수 있었다.

잰 것을 노트에 일목요연하게 정리했다. 누구든지 노트를 보면 무슨 물건이 어디 있는지 쉽게 찾을 수 있었다. 사실 나는 노트가 필요 없었다. 여러 번 재는 사이 머리에 수치와 장소까지 저절로 입력이 되었다. 그래서 사람들은 나를 인간 컴퓨터라고 했다.

영등포 거리는 나날이 발전하고 경쟁이 치열해지고 있었다. 앉아서 하던 장사가 서서 하는 장사로, 서서 하는 장사가 뛰면서 하는 장사로 변화되고 있었다. 그와 더불어 '영업'이라는 말이 쓰이기 시작했다. 앉아서 장사하던 때는 굳이 영업이라는 말을 사용할 필요가 없었다.

조금 규모가 큰 가게는 영업을 전담하는 사원을 따로 두기도 했다. 우리 가게는 그럴 형편은 되지 못했다. 대신 사장 아래 과장 한 명을 두고 거래처 구매직원을 상대하도록 방침을 세웠다. 사장은 사촌 동생과 나 둘에게 결정을 맡겼다.

결정은 맡겼지만 의중은 사촌 동생에게 꽂혀있다는 것을 알고 사촌 동생에게 양보했다. 사촌 동생은 미안했던지 자기가 부장을 할 테니 나더러 과장을 하라고 했다. 떫었지만 수용했다.

빛 좋은 개살구다. 군대 문서수발부의 병사는 현재의 계급보다 높은 가짜 계급장(가라 계급장)을 달고 상급 부대에 출입하는 것을 허용했다. 그렇다고 봉급이 올라가는 것은 아니었다. 부장이고 과장이고 봉급하고는 무관했다.

사촌 동생은 부장 계급장을 달자 뻔질나게 밖으로 나돌았다. 술자리가 잦았다. 업무추진비 명목의 비용이 과다 지출됐다. 성과는 없었다. 가만 내버려둬도 성사가 될 것 같던 거래마저 이웃 가게에 빼앗기는 결과를 초래했다. 항상 그에게만은 너그러웠던 사장님마저 거래처 출입을 금지시켰다.

13

시동은 걸었지만

*

　　사장님은 윗사람 노릇 하기가 얼마나 어려운지 실증으로 보여주었다. 명절마다 사장은 직원들을 집으로 초대했다. 종업원들에게 명절에 밥 한 끼라도 대접하고 싶은 마음은 이해하겠으나 종업원들은 오히려 불편해했다. 명절에 웃어른을 방문하는데 맨손으로 갈 수는 없는 노릇이었다. 선물도 받을 사람의 신분을 고려해야 해서 그 비용이 쥐꼬리 봉급을 받는 입장에서는 부담될 수밖에 없었다. 결국, 명절 떡값이라고 몇 푼 주고선 도로 뺏는 셈이었다.

　어느 해 설날 직원들이 저녁 시간에 맞춰 사장님 댁을 방문했다. 떡국과 술과 고기가 떡 벌어지게 차려졌다. 덕담을 나누고 술이 몇 순배

돌았다. 그날 사장님은 전주가 있었던지 직원들이 돌아가면서 올리는 술잔을 다 비우고 나서 안 해도 될 말을 했다.

"나는 말이야, 지금까지 이런 원칙을 가지고 살아왔단 말이야. 뭔고 하니 친가가 첫째, 외가가 둘째, 처가는 셋째라 이 말이야."

팔이 안으로 굽는 건 당연하다. 하지만 원칙이고 본심이라 할지라도 굳이 그것을 겉으로 드러내야 하는가. 그 자리에는 친가 쪽의 사촌 동생이 있고 처가 쪽의 나도 있었다. 나는 진즉 그것을 알고 있었다.

사장님은 지금까지 취급한 적이 없는 소재를 대량 구입했다. 계산서에 따라온 성분분석표를 살펴보니 베어링 제조용으로 사용되는 특수 소재였다. 부도난 회사에서 처분하는 것을 싼 맛에 구입했다고 하는데 지금까지 그런 소재를 찾는 사람은 없었다.

가격을 추적해 보니 임자만 만나면 크게 한몫 잡을 수도 있었다. 하지만 임자가 나타나지 않았다. 몇 달 동안 금싸라기 땅을 차지만 했다. 애물단지였다. 싼 맛에 큰 덩치를 몽땅 사들인 것이 문제였다.

사장님은 골치를 썩이고 있었다. 앉은뱅이 용쓰듯 걱정만 했지 뾰족한 방법을 찾지 못했다. 방법이 없을 리 없었다. 찾아보면 베어링 만드는 공장이 있을 것이고, 그런 곳을 물색해 시세보다 싸게 가격을 제시하면 거기서도 싼 맛에 사자고 덤빌 것이었다.

베어링 공장이란 공장은 모두 찾아보았다. 국내에서는 한화 그룹의 한국베어링이 가장 크고 유명했다.

솔직히 나는 영업은 자신 없었다. 언변도 매끄럽지 못하고 슬쩍슬쩍 말을 보태서 할 줄도 몰랐다. 무엇보다 상대는 대기업이었다.

　나는 나를 너무 저평가하고 있는 것은 아닐까. 불현듯 그런 생각과 함께 마음 밑바닥에서 오기가 슬며시 고개를 들었다. 사촌 동생 박 부장의 코를 납작하게 만들 수 있는 기회이기도 했다. 성분분석표만 들고 찾아갔다. 구매담당자를 만나는 것부터 쉽지 않았다. 수위 아저씨는 소 장수 소 고르듯 이리 뜯어보고 저리 뜯어보았다. 그리고 어디로 전화를 걸고 나더니 "약속이 없었다는대요?"라고 쌀쌀하게 말했다.

　"선생님, 그러지 말고 좀 들여보내 주세요. 저 떠돌이 장사꾼이 아니에요." 소용없었다.

　　＊＊

　사장님은 '그러면 그렇지 않고.' 하고 시큰둥해했다. 모욕감을 느꼈다. 열 손 재배하고 쳐다만 보면 해결된담? 오기가 불끈 치솟았다. 어렵사리 담당자와 통화를 하고 약속 날짜를 잡았다.

　담당자는 거만했다. 자기네들은 전량 일본에서 수입해서 쓴다고 했다. 시중에 나도는 물건은 믿을 수 없다는 말도 했다. 성분분석표를 내밀자 그런 분석표는 얼마든지 조작될 수 있다고도 했다. 그러므로 자기네는 구입할 의사가 없다는 것이었다.

　그런데 한 가지 고무적인 것은 담당자가 가격을 물어봤다는 사실이다. 구입할 의사가 전혀 없다면 가격은 물어볼 필요도 없었다. 나는 포기하지 않고 다음 날도 또 다음 날도 찾아갔다. 찾아가서 아무 말도 하지 않고 그냥 앉아만 있었다. 동정심인지 관심인지 샘플을 가져와 보라는 언질을 받았다. 서광이 비쳤다.

봉으로 된 것과 파이프로 된 것 두 가지 샘플을 가져가던 날 점심이나 같이하자고 넌지시 떠보았다. 의외로 순순히 응했다. 담당자와 구매과장 두 사람과 같이 점심을 먹었다.

성사가 눈앞에 있었다. 문제는 가격이었다. 저쪽에서는 수입가보다 훨씬 낮은 가격을 제시하고, 이쪽은 구입가보다 훨씬 높은 가격을 제시했다. 어차피 가격 싸움은 우리가 불리했다. 저쪽은 끝까지 배짱으로 나왔다.

가격을 대폭 낮췄지만 워낙 싼 맛에 샀기 때문에 이쪽도 손해는 없었다. 장사꾼의 손해가 없었다는 말은 섭섭잖게 이익을 남겼다는 뜻이다.

자형은 싱글벙글했다. 트럭 몇 대가 줄을 서서 물건을 실어 나가고 자리가 비자 춤이라도 출 듯이 좋아했다.

대금이 전액 현금으로 입금되었다. 대기업이 과연 좋기는 했다. 입금을 확인하던 날 사장님은 신바람이 나서 단골 양복점에서 고급 맞춤 양복 티켓 두 장을 구해 왔다. 구매 담당자와 구매과장 몫이었다. 심부름은 내 몫이었다.

내 돈도 아닌데 어떻게 쓴들 무슨 상관인가. 그래도 그러는 것이 아니었다. 몇 달 동안 수모와 굴욕을 겪은 나는 뭔가. 막걸리값은 고사하고 수고했다는 말 한마디가 없었다. 월급 받고 하는 일인데, 그렇게 치부했을 것이었다.

14

파 탄

*

　　　　　　　나쁜 기억은 잊었다. 크게 한 건 함으로써 시동
이 걸렸다. 자신감이 생겼다. 그즈음 고등학교 동기들은 과장급으로
승진해 있었다. 동문 주소록을 살펴보니 고2 때 한 반이었던 K가 오비
맥주 구매과장으로 있었다.

　오비맥주는 가게에서 걸어서 10분 거리에 있었다. K는 오랜만이라면
서 반갑게 맞이해 주었다. 명함을 주고받았다. 급은 하늘과 땅 차이이
지만 같은 과장이었다. 그는 수요자 나는 공급자, 자연 그쪽으로 대화
가 흘러갔다. 거래를 트기로 즉석에서 답을 얻었다.

　농심라면이 군포 당정동에 공장을 지을 때 배관 파이프를 납품한 것도 성과였다. 그때는 납품보다 뒤처리가 문제였다. 사장님은 싼 물건이면 무조건 사들였다. 일본에서 수입한 파이프를 중개상을 통해 대량 구입했다. 처치 곤란이었다.

마침 연때가 맞아 한국베어링 때처럼 몽땅 실어서 농심에 납품했다. 막 공장을 지을 때라 그쪽에서도 많은 양이 필요했다. 몇 달이 지나 농심에서 연락이 왔다. 큰일 났다는 것이었다. 부랴부랴 공사 현장에 달려갔다.

정말 큰일이었다. 배관 파이프에 스팀을 넣자 여기저기 픽픽 그야말로 김이 샜다. 재료값은 고사하고 설치비용, 철거비용까지 물어내야 할 판이었다. 철강 선진국 일본이 그런 하자 있는 파이프를 생산할 줄은 몰랐다. 훗날 밝혀진 바로는 폐기 처분할 물건을 우리 수입업자가 싼 맛에 수입한 것이었다. 하지만 중개상도 모르고 중개한 것을 추궁할 수도 없었다.

그건 그렇고 눈앞에 벌어진 상황은 기가 막혔다. 그런데 가만히 보니 새는 곳을 막으면 그대로 사용할 수도 있을 것 같았다. 현장 담당자에게 말했다.

"스팀을 집어넣으면 새는 곳은 금방 확인이 됩니다. 스팀을 최대한 압력을 높여서 집어넣고 새는 곳을 체크하십시오. 그리고 스팀을 중단한 뒤 그 부분을 용접으로 단단히 때워보십시오. 모든 비용은 우리가 부담하겠습니다."

의외로 쉽게 해결했다. 비용을 지불했지만 그래도 손해는 없었다.

사장님은 승용차를 구입했다. 신나서 친구들을 태우고 구경을 다녔다. 굵직굵직한 성과를 올리고 난제를 해결함으로써 나도 그 일에 일조

한 셈이었다. 하지만 월급은 요지부동이고 빈말 사례조차 없었다.

나는 그저 천대받아도 달릴 수밖에 없는 경주마였다. 이번에는 안양에 있는 금성전선(지금의 LS전선)으로 달려갔다. 견적서를 받아간 후 한 달째 감감무소식이었다. 담당자는 마침 잘 왔다며 전에 보낸 견적서를 이곳저곳 뒤진 끝에 찾아냈다.

절에 가도 눈치가 빨라야 젓국을 얻어먹을 수 있다. 거래처를 다니며는 건 눈치다. 신경도 쓰지 않고 있음을 알았다. 이유는 두 가지다. 가격이 맞지 않거나 다른 업체에서 손을 뻗치고 있거나.

그럴 때는 기름을 치는 게 하나의 방법이다. 안양에 어디가 좋다는 소문이던데 일 끝나면 안내를 해달라고 설레발을 치고 견적서를 앞에 놓고 대충 가격 조정을 마쳤다.

＊ ＊

구매 담당자와 현장 책임자가 자리를 같이했다. 그들이 안내한 식당은 고급 한식집이었다. 선뜻 발이 들여놓아지지 않았다. 비용 때문이었다. 꼰대 얼굴이 잠깐 스쳐 지나갔다. 안내를 부탁한 게 후회가 되었다.

음식은 정갈하고 풍미가 있었다. 술이 몇 순배 돌아가자 걱정은 사라졌다. 그들이 순순히 자리를 같이하고 안내를 맡은 것은 좋은 징조였다. 마음껏 먹고 마셔도 후회될 것 같지는 않았다. 두 사람도 기분 좋게 먹고 마셨다. 고기 굽는 아줌마의 손목을 잡으며 농도 걸었다.

식당을 나섰을 때 두 사람은 약간 비틀거렸다. 나도 술을 즐기는 편이라 그 정도면 적당히 기분 좋은 상태였다. 아니나 다를까 두 사람은 누가 먼저랄 것도 없이 "갑시다. 노래방으로 갑시다." 하고 앞장을 섰다.

거기서 '아니, 갈 길이 멀어서…' 이러면 다 된 밥에 코 빠뜨리는·격이 되고 만다. 거래라는 것은 단순히 물건과 돈을 교환하는 행위를 뜻하는 것은 아니다. 상대방과 마음을 교감하는 것이 더 중요하다. 경험으로 터득한 사실이다.

노래를 시작하기 전에 맥주를 주문해서 입가심을 했다. 맥주를 한 모금 들이켜고 구매 담당자가 말했다.

"이 과장님, 걱정하지 마십시오. 2, 3일 내 발주하도록 조치하겠습니다."

술이 당겼다. 한 잔을 단숨에 들이켰다. 가게에서 받은 영업비는 이미 바닥이 났다. 그게 대수냐. 주머니엔 충분치는 않아도 비상금이 있었다. 그보다 대형 납품 건이 성사단계에 이르렀는데 그깟 비용은 문제가 아니었다.

다음 날 사장님은 늦게 출근했다. 현장의 일을 마저 정리하고 들어간 사이 사무실엔 바둑판이 벌어졌다. 사장님은 바둑돌을 잡고 있고 너덧 명의 이웃 가게 사장들이 구경하고 있었다. 점심 내기 바둑 대결은 흔히 보는 풍경이었다. 보고할 상황이 아니라고 판단하고 나오려는데 사장이 불러 세웠다.

"이 과장, 어제 일 어떻게 됐어?"

나는 있었던 대로 소상히 보고했다. 약간의 가격 조정 후에 밥 먹고 노래방 가고 비용이 초과한 것까지. 2, 3일 내 발주가 있을 것이라는 언질을 받은 것도 보고했다. 기뻐할 줄 알았다. 수고했다는 말은 기대하지 않았다. 나는 친가 쪽도, 외가 쪽도 아니므로. 월급 받고 일하는 머슴이므로.

"너는 인마, 경비를 받아갔으면 범위 내에서 써야지 누가 멋대로 더 쓰라고 시켰어. 그래, 주머니에 비상금이 없었으면 어쩔 뻔했어. 그따위로 네 맘대로 행동할 거면 당장 때려치워, 인마!"

바둑을 지고 있었던지, 아니 바둑을 지고 있어도 그렇지 이렇게 화를 내는 법은 없었다. 당장에라도 바둑알을 한 움큼 쥐고 던질 기세였다.

전쟁에 나간 군인이 불리한 전쟁을 치르고 있었다. 방어선이 무너지면 수도가 함락될 수도 있었다. 절체절명의 순간에 총알이 떨어졌다. 비상사태에 대비해 비축해 두었던 총알을 병사들에게 나누어 주어 전쟁을 승리로 이끌었다. 군인은 비난을 받아야 하는가. 그 문제는 나중에 따지더라도 우선 축하를 해야 하는 것 아닌가.

구경꾼들이 민망해 자제를 부탁했지만 이미 엎질러진 물이었다. 나는 불의의 폭력에 얼굴이 시뻘게져서 그 자리에서 뛰쳐나왔다.

나는 언어폭력의 피해자였다. 초등학교 5학년 때 '베꼈지?'라는 느닷없는 호통에 간이 뒤집혔다. 베꼈으면 간이 뒤집힐 리 없었다. 진로를 바꾸게 한 짧은 한마디는 결국 일생을 망쳐 놓았다. 폭력이라면 질색이다. 언어폭력은 소리 없는 총성이다. 선생님과 학생, 상급자와 하급자— 그사이에는 이미 지배와 피지배의 관계가 존재한다. 거기에 폭력까지?

폭력에 맞서는 수단은 비폭력이다. 나는 아무 소리 하지 않고 가게를 빠져나왔다. 뒤도 돌아보지 않았다.

15
가지 않은 길

당시 우리는 경기도 광명의 13평 아파트에 세 들어 살았다. 방이 둘이었다. 박봉에 시달린 아내는 아파트 방 하나에 재봉틀 세 대를 들여놓고 부업을 했다.

겉으로 부업이라고 하지만 실상은 본업보다 바빴다. 직공 세 명을 먹이고 재우는 것은 말할 것도 없고, 동대문시장에서 일감을 받아오고 납품하는 것까지 하루 종일 쉴 틈이 없었다. 게다가 그나마 쥐꼬리만 한 봉급이 끊어지자 부업은 진짜 본업이 되었다.

가게에서 사람이 왔다. 어떻게 지내는지 궁금해서 왔다고 했지만, 사장이 보낸 게 뻔했다. 다시 폭력 세계에 끌려갈 생각은 없었다. 이후 사장은 이럴 것이었다.

"너는 인마, 윗사람이 한마디 했다고 해서 반항을 해?"

손발을 묶고 입도 봉쇄할 게 뻔했다. 그러자 이번에는 누님이 압력을 가해 왔다.

"네 자형이 사표나 쓰라고 하더라."

공무원도 아니고 회사원도 아니고 노가다가 사표는 무슨 개뿔. 사표가 수리되지 않아 퇴직처리가 안 된다? 안 되면 봉급이나 또박또박 주면 되겠네. 나는 개자추처럼 불에 타 죽어도 돌아갈 생각은 없었다.

다른 방도를 찾아야 했다. 태릉에서 같이 군대생활을 했던 친구와 연락이 닿았다. 그 친구는 서울 토박이라 인맥이 넓을 것 같았다. 그러잖아도 그 친구는 제대하자마자 은행에 취직해 부러움을 샀다.

친구는 축구를 잘했다. 말이나 행동이 거침이 없었다. 술이 한 잔 들어가자 예의 본색을 드러냈다.

"사실은 말이야, 나도 은행을 그만두고 다른 일을 찾고 있는데 잘됐네. 우리 같이 손발을 한번 맞춰볼까?"

"뭐 좋은 사업이 있어?"

"이미지가 안 좋긴 한데…."

"뭔데?"

돈을 버는 데는 물장사가 최고라는 것이었다. 마침 자기 누님이 신사동에 빌딩을 하나 가지고 있는데 술집을 하던 자리가 비어있다고 했다.

"내가 한다면 남 주기보다 피차에 유리하지 않겠어? 권리금도 없을 테고 보증금도 깎아주겠지."

친구는 그쪽에 마음을 두고 많이 연구해 본 듯이 어떻게 하고, 어떻게 하면 수익이 얼마가 날 것인지 수치를 들어 설명했다.

솔깃했다. 당장 돈이 급하지 이미지는 나중 문제였다. 이 넓은 서울 하늘 아래 술장사를 하든 아가씨 장사를 하든 나만 입 닫으면 상관할 사람이 없었다.

초기 자본이 문제였다. 구들장을 지고 드러누워 머리를 쥐어짰다. 사방이 막혔는데 비빌 언덕은 보이지 않았다. 아차, 내가 왜 그 생각을 못 했지? 자형이 내 명의로 사둔 땅이 있었다. 나를 위해서 산 땅이 아니고 세금을 줄이려고 산 땅이다. 그 땅 때문에 우리는 번번이 아파트 신청에서 탈락했다. 당첨만 돼도 돈방석인데 뜬구름만 잡았다.

땅을 은행에 저당하고 꼭 필요한 만큼 돈을 빌렸다. 벌어서 갚으면 될 것이었다. 장사가 잘되기만 바랐다.

* *

결론부터 말하면 술장사는 실패했다. 먼저 장사하던 사람이 집기 레코드 음반까지 두고 가서 횡재했다고 생각했는데 주변 술집에서 들은 바로는 경영에 실패해서 야반도주한 것이라고 했다.

내부 환경도 문제였다. 지하 하수도에서 물이 새는지 일정 분량 물이 고이면 자동펌프로 퍼내는 식이었다. 펌프 돌아가는 소리, 거기서 나는 냄새가 지하 환경을 오염시켰다.

가장 심각한 문제는 친구 자신이었다. 술장사이다 보니 아가씨를 두는 것은 당연했다. 셋을 두었다. 친구가 그중 한 아가씨와 눈이 맞아 장사는 안중에도 없고 밤낮 붙어 다니며 자리를 비우는 것이었다.

치유할 방법이 없었다. 친구는 이미 전과가 있었다. 가게 주인인 친구의 누님이 실토했다. 은행을 그만둔 것도, 그만둔 것이 아니라 쫓겨난 것도 같은 지점의 아가씨와 바람이 난 때문이고 그 일로 마누라와 헤어지기까지 했다는 것이었다.

하루속히 그곳에서 빠져나오는 게 최선의 방법이었다. 어렵게 아내를 설득해 저지른 일이었다. 아내는 그 건물 일 층에 방 두 개를 전세로 얻어 여전히 재봉틀을 돌리고 있었다.

우선 방 두 개를 빼서 근처의 연립주택 한 채를 얻어 이사를 했다. 연립주택은 문제가 많다는 말을 들었지만 앞뒤 잴 형편이 못 됐다.

그동안에 깨진 돈은 돈이고 가게 보증금을 회수할 방법이 없었다. 집주인인 친구의 누님은 남의 일 보듯 하고 친구는 코빼기도 보이지 않았다. 여자한테 단단히 미친 것 같았다. 저러니 삼청교육대에 끌려갔을 테지.

심하다고 할지 모르나 도리가 없었다. 내용증명 편지를 보냈다. 그게 어떤 돈인데, 그동안 깨진 돈도 아까운데 한 푼도 돌려받지 않고서는 억울해 살 수 없을 것 같았다.

편지에도 답이 없었다. 배 째라는 식이었다. 부득이 집달리에게 맡겼다. 보증금은 건졌지만 깨진 돈은 회복되지 않았다. 결국, 돈 잃고 친구도 잃었다.

16
설상가상

*

연립주택은 방이 세 개였다. 방 세 개 가진 집을 얻기는 처음이었다. 방 하나는 우리 식구들이 쓰고 방 하나는 직공들이 썼다. 방 하나는 비어두었다.

지하실은 연탄보일러가 구석을 일부 차지하고 남은 공간이 널찍했다. 재봉틀을 지하로 옮겼다. 남은 방 하나에 세를 들이고 그 돈으로 재봉틀을 더 들였다. 직공도 다섯 명으로 늘었다. 그중 둘은 출퇴근을 해서 직공들이 방이 좁다고 불평할 일은 없었다.

일단 자리가 잡히자 아내는 더 부지런히 동대문시장을 나들었다. 나도 일거리가 생겼다. 실밥을 따고 다리미질을 하는 것은 내 몫이었다.

어렸을 때 다리미질을 익혀둔 게 이렇게 쓰일 줄이야.

안팎으로 뛰는 아내는 발이 열 개라도 모자랄 지경이었다. 하는 수 없이 식사를 전담하는 도우미를 두었다. 총 여덟 명이 힘을 합치게 되었다. 이 정도면 기업이라 해도 손색이 없었다. 큰돈을 모으진 못해도 밥은 먹을 수 있을 것 같았다.

모두 일에 매달리다 보니 아이들에겐 소홀했다. 하나는 초등학교에 들어가고, 하나는 입학 전이었다.

놀아줄 사람이 없는 아이는 줄곧 밖에서 친구들과 어울려 놀았다. 그러던 어느 날 요란하게 문을 두드리는 소리에 놀라 내다보니 아이가 차에 치였다고 다급하게 알려주었다. 아이가 차에, 차에 치였다면 예사 사고가 아님을 직감했다.

신발을 꿰는 둥 마는 둥 사고가 난 장소로 달려갔다. 생선 상자를 실은 소형 트럭만 덩그러니 서 있고 아이는 보이지 않았다.

"애는 어디 갔니? 우리 애는 어디 갔니?"

아이를 데리고 놀던 어른이 말했다.

"운전기사가 병원을 물었어요. 알려주자 아이를 업고 달려갔어요."

병원까지 1km 남짓 거리가 천 리나 되는 듯 멀었다. 온갖 나쁜 생각이 정신을 차릴 수 없게 하였다. 병원에 도착했을 때 아이는 이마에 붕대를 칭칭 감고 침대에 누워있었다. 잠이 들었는지 기절을 했는지 꼼짝도 하지 않았다. 손발이 덜덜 떨렸다. 간호사가 안심시키듯 입을 열었다.

"이마가 찢어져서 꿰맸어요. 다행히 상처가 심하진 않아요. 다만 머리가 충격을 받아서 혹시 뇌에 이상이 없을지 지켜보고 있어요."

다행이라니 다행이었다. 아까부터 침대 옆에서 한 사내가 아이를 내려다보고 있었다. 사내는 키가 작달막했다. 여자도 한 명 사내 옆에서 아이를 내려다보고 있었다.

나는 사내가 아이를 친 기사임을 직감했다. 순간 분노가 치밀어 견딜 수 없었다. 사내의 멱살을 잡고 치켜들었다. 그러자 여자가 입을 열었다.

"죄송해요, 선생님. 저이가 운전이 미숙해서 그만….."

나는 사내를 끌고 병실 밖으로 나왔다. 여자도 따라 나왔다.

"거기는 아이들이 뛰노는 장소예요. 거기까지 차를 몰고 온 이유가 뭐예요. 몰고 왔으면 곱게 돌려서 나갈 것이지 아이는 왜 친 거요?"

"잘못했습니다. 전진을 한다는 게 그만….."

후진을 했다? 전진과 후진도 모르고 운전을 했다? 더 화가 치밀었다.

여자가 변호를 했다.

"운전을 배운지 한 달밖에 안 됐어요. 더 익숙하면 나오자고 했는데 이이가 고집을 부려서…. 사실 손 놓고 있을 형편도 아니고, 저도 수술을 받은 지 얼마 되지 않고…. 회복도 되지 않았는데 저이가 걱정이 돼서…."

그쪽 사정을 들으면 그쪽도 걱정이다. 아이를 떼는 수술을 받고 조리도 못 한 채 남편을 따라나섰다는 것이었다. 어쩐지 얼굴이 부석부석해 보였다.

"너그럽게 봐주세요. 형편은 어렵지만 어쩌겠어요. 치료비 걱정은 시켜드리지 않을게요."

일단 경찰서에 가서 사고 신고를 하고 합의서를 작성했다.

병실로 돌아오자 아이가 눈을 뜨고 나를 쳐다보며 말했다.

"아빠, 백 원만."

그 소리가 어쩌면 그리도 반가울까. 나는 하늘을 향해 두 손을 모았다.

* *

나를 일 년 동안 그 비좁은 집에서 거둬주셨던 작은아버지의 부음을 들었다. 인정이 많으셨던 작은아버지였다. 누구보다 명문학교에 다니는 조카를 자랑스러워 하셨던 분, 나는 틀림없이 천국에 가실 것을 믿었다.

동생이 먼저 세상을 떠나자 아버지가 시름시름 잃으셨다. 원래 몸이 약하신 데다 동생이 앞서자 충격을 받으신 것 같았다. 병환 중에 두어 번 찾아뵙긴 했으나 멀리 있다는 이유로 위급한 지경에 이르러도 그저 마음뿐이었다.

아버지는 서둘러 세상을 떠나서는 안 되는 것이었다. 아버지를 속상하게 해드렸던 그 많은 일 중에 하나도 제대로 용서를 빌지 못했다. 내가 번 돈으로 좋아하는 고깃국 한 그릇 대접한 적이 없었다.

그런데 아버지는 세상을 떠나시고 말았다. 눈물이 앞을 가렸다. 입관을 하던 날, 마지막으로 아버지 얼굴을 바라보며 통곡했다. 그리고 그 자리에서 미리 준비해 간 가슴에 담았던 사연을 울면서 읽었다.

아버지의 분신과 같은 논을 팔아 대학에 간 것, 대학을 마치지도 못하고 흔적도 없이 사라진 것, 그중에 어느 하나도 갚지 못했음을 고백했다. 그리고 통곡했다. 내 설움에 복받쳐 통곡, 통곡했다.

잇따른 아이의 사고, 작은아버지와 아버지의 죽음은 나를 많이 힘들게 했다. 그나마 정신을 수습할 수 있었던 것은 종교적 믿음이었다. 그 믿음은 아버지로부터 비롯되었다.

아버지는 돌아가시기 며칠 전 먹지도 눕지도 못할 만큼 극심한 고통을 겪으셨다. 그때 큰고모가 곁에서 아버지를 돌보고 있었다. 큰고모도 기구한 팔자였다. 고모부는 일본에서 일본 여자를 얻어 살림을 차리고 자식까지 두었다.

고모는 공장에 다니며 두 자식을 대학까지 시켰다. 자식들은 아비를 닮았는지 무능하고 책임감이 없었다. 고모는 성당에서 위로를 받았다.

아버지가 극심한 고통을 겪자 고모가 보다 못해 대세(代洗)를 제안했다. 대세는 사제를 대신하여 세례를 주는 천주교 예식이다. 아버지는 고모의 제안에 동의한다는 의사를 표시했다. 극심한 고통 때문이기도 하지만 반드시 그렇지는 않았다.

아버지의 고모, 그러니까 왕고모도 천주교 신자였다. 두 딸은 수녀가 되었다. 고모와 왕고모가 천주교 신자라는 사실은 어쨌든 아버지께도 영향을 미쳤을 것이었다. 다만 10대 종손으로서 겉으로 드러낼 수 없었을 것이었다.

고모의 말을 빌리면 아버지는 대세를 받으신 후 누워서 잠도 주무시고 음식도 드셨다고 한다. 그리고 사흘 후 눈을 감으셨다고 한다.

   장례를 마치고 돌아와 나도 결심하고 '내 발로' 성당에 찾아가 영세를 했다. 아내와 두 아이도 같은 날 영세를 했다. 우리 가족은 옛날의 가족이 아니라 새로 태어난 가족이었다.

   아버지가 물려주신 유산, 무엇과도 바꿀 수 없는 믿음의 유산으로 슬프면 슬픈 대로 기쁘면 기쁜 대로 지금도 열심히 살아가고 있다.

17

전화위복

잇따른 아이의 사고, 작은아버지와 아버지의 죽음은 잔잔한 호수에 사람이 떼 지어 돌을 던지는 것처럼 혼란스러웠다. 그것과 연결시키지 않으려고 해서 그렇지 또 다른 불행한 사태가 조용히 다가오고 있었다.

연립주택은 위험하다. 아내나 나나 그 상식을 믿지 않으려고 했다. 설사 그런 상식이 통용된다 하더라도 우리는 피해 가려니 했다. 상식은 예외가 없었다. 빨간딱지가 날아왔다. 세금을 체납하였으므로 집을 압류한다는 것이었다. 기한 내에 세금을 내지 않으면 집을 공매 처분한다는 것이었다. 아래 위층 네 집과 옆 동 한 집이 같은 딱지를 받았다.

건물주가 체납한 세금이었다. 우리는 알지도 못하는 세금이었다. 전세금은 우리 재산이다. 그것을 무시하겠다는 것이다. 무조건 팔아서 세금을 환수하겠다는 것이다. 첫째는 건물주가 나쁘고, 국가도 잘한다고 볼 수 없었다. 일단 다섯 집이 똘똘 뭉쳤다. 간신히 건물주의 주소를 알아냈다. 간신히 알 수 있었던 것은 계약서는 대리인의 주소와 날인이 돼 있었기 때문이었다. 다섯 집의 부부가 떼를 지어 찾아갔다. 건물주는 부자 동네에 살고 있었다.

집은 얼마나 잘 꾸미고 사는지 들어오라는 소리도 없이 나가서 이야기하자고 문밖으로 밀어냈다.

세금을 납부하겠다는 입으로 한 약속은 지켜지지 않았다. 세무서에서 지정한 날짜는 점점 다가오고 있었다. 먼저 세무서에 들어가서 날짜만이라도 미뤄달라고 간청을 했다. 담당자는 원칙적인 이야기만 했다.

몸이 달았다. 우선 가장 영향력이 있는 『조선일보』에 사연을 전달했다. 죄 없는 세입자가 길바닥에 나앉게 되었다는 사연이었다. 똑같은 사연을 청와대에 호소했다. 사연과 호소문은 내가 맡아서 작성했다.

신문은 내가 보낸 원문 그대로 독자란에 실어주었다. 청와대도 원만히 해결될 수 있게 돕겠다는 답이 왔다.

세무서에서 연락이 왔다. 만나서 대책을 의논해 보자는 전갈이었다. 다섯 집은 마치 해결이 다 된 것처럼 고무되어 내 공로를 치하했다. 하지만 그러기에는 일렀다.

국가가 세금을 포기하는 법은 없다. 건물주가 앞으로도 발뺌을 계속한다면 전세금을 보호하기 위해서라도 다섯 집이 세금을 대신 낼 수밖에 다른 도리가 없었다. 그러려면 건축주로부터 건물을 양도받아야 하고 세무서에 가서는 형편에 맞게 나누어서 납부할 수 있게 양해를 구해야 했다. 내가 그렇게 설명을 하자 나머지 네 집은 그런 아이디어가 어디서 나왔느냐고 추켜세웠다.

세무서 담당자를 만나 우리의 의사를 전달했다. 세무서 측도 전향적으로 우리의 의사를 청취했다. 세무서 측도 한 사람이 결정할 문제는 아닐 것이었다. 담당자는 우선 건물주를 설득하라고 했다.

건물주가 쉽사리 건물을 양도할지도 문제는 문제였다. 못 먹는 감 찔러보는 식으로 버티면 이쪽에서도 대응할 마땅한 방법이 없었다.

다시 다섯 집이 시위대처럼 몰려갔다. 한편 달래고 한편 으름장을 놓았다. 어차피 세금을 못 내면 날릴 거면서 피를 말렸다.

세금은 형편에 맞게 분납할 수 있게 세무서와 합의했다. 우리 입장에서는 할부로 집을 산 셈이었다.

자칫 잃을 뻔한 집을 되찾고 생애 처음으로 등기부에 이름을 올렸다. 세입자 신분에서 집주인 신분으로 격상되자 꿈인가 생신가 했다.

네 집들은 공로를 인정하고 나를 치하했다. 다들 반신반의할 때 신문사와 청와대에 호소하고 나선 것은 나였다. 세무서와 담판과 협상도 내가 앞장을 섰다. 내가 제시한 의견이 반영된 것도 사실이었다.

바라는 것은 아니지만 사람들은 치하를 하면서도 그저 입뿐이었다. 공동부담을 하더라도 뒤풀이가 있었으면 좋았을 뻔했다. 하지만 나도 이제는 집주인이라 과히 섭섭지는 않았다.

18
동아줄(2)

　　문래동 철강 거리는 영등포의 랜드마크다. 원조는 청계천이었다. 철강 수요가 증가할수록 교통이 복잡한 청계천은 죽고 영등포는 번성했다. 갈수록 가게 얻기가 하늘의 별 따기였다.

　영등포를 떠난 후 나는 그쪽은 쳐다보지도 않았다. 살림을 아내가 꾸리면서 그럭저럭 먹고는 살았다. 하지만 사내가 언제까지 여자들 틈에 끼어 실밥을 따고 다림질이나 하고 있을 수는 없었다.

　성당 교우들을 만나면서 여러 가능성을 두고 세상 문을 두드려 보았다. 세상 문은 여전히 견고했다.

　어느 날 누님에게서 전화가 왔다. 가게가 하나 나왔으니 생각이 있으면 다른 사람이 덤비기 전에 속히 결정하라는 것이었다. 누님은 나한테는 친가라 그래도 반가운 소식을 전해 주는 사람은 누님밖에 없었다.

　나는 일단 알았다 하고 전화를 끊었다. 아무리 먹음직한 떡이 있어도 문제는 돈이다. 가게가 귀한 만큼 보증금도 천정부지다. 사방 둘러봐야 목돈 나올 구멍은 없었다. 이래서 없는 사람은 단풍놀이에 끼워줘도 못 간다 싶었다.

　역시 이런 문제는 아내의 계산이 빠르다. 장인은, 나는 얼굴도 본 적 없는 장인은 장사 수완이 있어서 지방을 다니면서 돈을 벌어 집 사고 땅을 사서 머슴을 둘씩이나 거느렸다고 아내가 말했다. 아내가 아버지의 피를 물려받은 것 같았다.

　우선 집을 팔기로 아내와 의논이 되었다. 그새 집값이 올랐다. 전세금과 다달이 부담한 세금을 보탠 것보다 많았다. 그래도 가게 주변에 전세를 새로 얻고 장사 밑천을 대기엔 부족했다. 부족한 돈도 아내가 오물딱조물딱 마련을 했다.

　그 가게는 자형의 사촌 동생, 술 잘하던 박 부장이 하던 가게였다. 자형은 친가 박 부장에게 가게도 얻어주고 물건도 대줘서 가게를 차려주었다. 술 좋아하는 박 부장은 결국 목숨을 술과 바꾸었다. 그 가게를 내가 인수를 하다니, 인연은 제 꼬리를 물고 도는 개와 같다고나 할까.

　보증금은 빼주고 남은 물건은 그대로 인수했다. 별반 남은 물건도 없었다. 전화도 그대로 인수했다. 백색전화(양도할 수 있는 전화)라 청색전화(양도할 수 없는 전화)에 비해 가격이 여섯 배나 비쌌다. 이것저것 치르고 나니 운영자금이 없었다.

우선 바닥이 드러난 곳에 물건을 채워 넣어야 했다. 처음부터 외상을 줄 사람은 없었다. 하는 수 없이 자형에게 무릎을 꿇었다. 잘잘못을 따질 계제가 아니었다. 처음에는 냉담했지만 차차 누그러졌다. 처남을 냉대한다는 이웃의 소문도 고려했을 것이었다.

마침내 내 사업이 시작됐다. 과거 같으면 대기업 문을 두드려 볼 수도 있겠지만 설사 발주가 떨어져도 내 능력으로 덩치 큰 거래는 감당할 수 없었다. 그저 앉아서 오는 손님을 기다렸다. 미끼가 시원찮으면 고기도 시원찮은 법이었다.

그런데 한 가지 문제가 생겼다. 문제라기보다 께름칙한 소문이었다. 잘 되게 하려는 건지 못 되게 하려는 건지 이웃이 전해주었다. 즉, 박 부장도 젊어서 죽었지만, 박 부장 이전에 하던 사람도 젊어서 죽었다는 것이었다. 그러면서 아무래도 터가 센 모양이라고 덧붙였다.

신앙을 가진 사람으로서 미신은 믿지 않지만 듣지 않음만 못했다. 그렇다고 무당을 불러 푸닥거리를 할 수도 없는 노릇이었다.

마침 그때 어머니가 가게도 둘러볼 겸 오셨다. 어머니는 그까짓 게 무슨 대수냐며 시답잖게 여기셨다. 그 길로 성당에 가서 성수를 가져와서 가게 구석구석에 뿌리고 옛날 삼신할미께 빌던 것처럼 열심히 기도를 바치셨다. 그리고 하시는 말씀이 귀신을 무서워하지 말고 술을 무서워하라는 것이었다.

19
먹장구름

*

사업의 성패는 물건을 얼마나 많이 파느냐보다
돈을 얼마나 잘 받아내느냐에 달렸다. 거기에 운이 따르면 금상첨화다,
그러나 현실은 냉혹하다. 홀인원을 노리다 더블보기를 범하는 게 현실
이다.

당시 철강업계의 거래 관행은 문제가 많았다. 한 달 단위로 마감해서
보름, 심하면 한 달 후 3개월 어음 결제였다. 물건 출하 후 5개월 만에
현금화되는 셈이었다. 반면에 구입할 때는 일 개월 마감, 즉시 결제였다.

우리 같은 구멍가게는 절대적으로 불리했다. 물건이 품귀현상을 보이
면 현금을 주고도 구입을 못하기도 했다. 그래서 돈이 돈을 번다는 말
이 상식이었다.

구멍가게는 고객들 역시 그 수준이다. 남의 공장 한 귀퉁이에 선반 한 대를 놓고 일하는 일인 기업 일인 사장, 이른바 마찌꼬바들이다. 대형 가게는 마찌꼬바를 거들떠보지 않는다. 귀찮아한다. 대형 가게는 연필을 예로 들면 다스 단위로 팔지 낱개로는 팔지 않는다.

일인 사장은 심지어 연필 한 자루도 다 필요가 없다고 한다. 반을 요구한다. 구멍가게는 그런 사람들을 상대한다. 푼돈이다. 대신 이런 경우는 있다. 연필 한 자루가 100원이면 반을 잘라서 팔면 70원을 받을 수 있다. 나머지 반이 팔리면 40원의 이익을 가외로 챙기는 셈이다.

티끌 모아 태산이다. 잔챙이도 여럿이면 재미를 본다. 개중에는 운이 좋아 일인 기업에서 이인, 삼인 기업으로 성장하기도 한다. 우리 기게도 그 덕에 재미를 좀 봤다. 물건이 쌓이고 한 명 있는 종업원 월급 걱정도 하지 않게 되었다.

하지만 늘 재미만 보는 것은 아니다. 일인 기업이 삼인 혹은 오인 기업이 되면 현금에서 어음으로 결제수단이 바뀐다. 4개월, 5개월 후에나 현금화된다. 현금화되는 기간이 왜 중요하냐 하면 만약 어음이 부도가 날 경우 그 기간에 따라 액수가 달라지기 때문이다.

현금화 기간이 5개월이면 부도가 날 경우 5개월 동안 매출은 꼼짝없이 묶이게 된다. 그래도 이해할 수 없다면 이렇게 생각하면 된다. 월 매출 100만 원이면 5개월 매출은 5백만 원이다. 첫 달 어음이 5개월 후에 현금화가 되면 5개월 치 모두 부도처리 된다.

그런 일이 발생했다. 액수가 자그마치 당시 시세로 아파트 한 채 값이었다. 눈앞이 캄캄했다. 사장은 도망가고 떨거지들이 수습책을 내놓았지만, 그거마저 신빙성이 없었다.

일이 손에 잡히지 않았다. 손에 잡힐 리 없었다. 가게가 공중분해 될 판이었다. 그때 새로운 사장이 등장했다. 자기가 모든 책임을 지겠다고 했다. 그러면서 부도난 어음을 자기 명의의 어음으로 교환해 주었다. 설마 3개월 후에 또 부도를 내랴 싶었다.

장사를 재개했다. 그동안 거의 문을 닫다시피 했다. 그러자 그쪽에서 다시 거래를 하자고 했다. 납품 즉시 결제를 하겠다고 그쪽에서 먼저 제시했다. 물건을 더 납품하고 어음을 받았다.

* *

'돌돌말이'라는 말이 있다. 화투판에서 사용하는 용어 같기도 한데 국수를 한 젓가락에 돌돌 말아 한입에 삼키듯이 단번에 끝장을 내는 경우를 말한다.

완전히 계획적이었다. 먼저 사장과 다음 사장은 한 통속이었다. 두어 달 후 회사 사무실은 간판도 떼고 사라졌다. 떨거지들도 보이지 않았다. 완전히 돌돌 말아 한입에 해치우고 잠적해 버렸다.

닭 쫓던 개 지붕 쳐다보는 격이었다. 떨거지라도 있어야 멱살이나 잡아보지 분풀이할 곳조차 없었다.

돌려쓴 어음은 받아쓴 쪽에서 먼저 알고 압박을 가해 왔다. 가진 거라곤 두 쪽밖에 없었다. 비빌 언덕도 없었다. 아무리 생각해도 내가 취할 수 있는 방법은 하나밖에 없었다. 한강에 가서 신발을 벗는 것.

내 인생 이렇게 종 치는구나 생각하니 눈물이 앞을 가렸다. 여태 남의 집에서 주인 눈치를 보며 살아왔던 가족들, 잘 먹이지도 잘 입히지도 못한 아내와 아들과 딸의 얼굴이 눈에 밟혔다. 나 하나는 몸을 던지면 그만이지만 그들은 무슨 희망으로 살아갈까.

그 와중에도 내가 죽은 후 가게를 싸고 떠돌아다닐 괴담이 마음에 걸렸다. 젊은 사람 둘이 잇따라 죽어나갔을 때 이웃에 떠돌던 괴소문, 이제 셋이 죽어나가면 살에 살이 붙어 괴담으로 퍼져나갈 것이었다.

한강에 가서 신발을 벗는 건 일단 보류했다. 집에 들어갔다. 가족들 모두 풀이 죽어있었다. 가장이 바로 서야 가정이 바로 선다. 그 생각이 떠올랐다. 심기일전, 그날 아내와 억지웃음을 웃으며 술을 한잔했다.

아내는 마다해서 집에 두고 혼자 노래방에 갔다. 노래방 책을 첫 장부터 펼쳐 아는 노래를 모조리 불렀다. 목이 터져라 불렀다. 시간이 부족했다. 그때는 영업 제한시간이 밤 열두 시였다.

주인은 한이 맺혀 부르는 노랫소리를 듣고 낌새를 알아차렸는지 부르고 싶은 대로 부르라고 허락을 해주었다.

도대체 몇 곡을 불렀는지 알 수 없었다. 목이 잠겨 더 이상 부를 수 없었다. 마이크를 끄고 노래방을 나왔다. 날이 밝아오고 있었다. 아내기 치러 준 밥을 먹고 가게에 나갔다. 목이 깔깔했지만 힘을 내려면 억지로라도 먹어야 했다.

어음을 돌려쓴 곳을 찾아가 콩이 팥이 되게 빌고 양해를 구했다. 젊은 놈이 설마 도망이야 가겠느냐, 기다려주시면 꼭 갚겠습니다, 하고 수없이 머리를 조아렸다.

거래는 신용이다. 그동안 도리에 어긋나게 신용을 지키지 않은 적은 없었다. 그럴 때는 누구의 처남이라는 것도 도움이 되었다. 자형은 그 거리에서 신용 하나는 알아주었다.

그렇게 해서 위기를 모면했다. 먹구름 사이로 한 줄기 서광이 비쳤다.

20

어차피 인생은 시련이다

　　꼭 한강에 갈 일은 아니라도 기막힌 일들은 수시로 일어난다. 나는 그때만 해도 믿음에 있어서 순수했다. 성당에 가면 모든 교우들이 거룩해 보였다. 저 사람들은 모두 천사의 분신이려니 믿었다. 믿음(성당 안)과 현실(성당 밖)은 다르다는 걸 깨달은 건 작은 일들이 겹치면서였다. 그 교우는 성당에서 같은 모임에서 활동했다. 나는 가게를 내면서 그 성당을 떠났다. 몇 년이 지나 그 교우가 찾아왔다. 종업원 두세 명을 두고 인테리어업을 하는 것은 알고 있었다. 대전 엑스포 준비가 한창이던 때였다.

　　교우는 대전 엑스포에 공사를 땄다고 자랑을 하며 이것저것 자재를 주문했다. 내가 가진 것도 있고 가지지 않은 것도 있었다. 자기는 아는 것이 없으니 일괄해서 납품해 줄 것을 요청했다. 그렇게 했다.

나도 대전 엑스포를 참관했다. 성공리에 끝났다는 뉴스도 들었다. 교우는 그때까지 자재대금을 보내주지 않았다. 간신히 전화 통화로 약속을 하면 번번이 어겼다. 그때서 교우를 무조건적으로 믿은 걸 후회했다.

그 교우가 앓는다는 소리를 들었다. 내가 앓아야 하는데 왜 교우가 앓나 했다. 나는 이 가게 저 가게에서 그러모은 자재대금을 생돈으로 물었다. 야속한 사람이라고 생각했다. 다시 들리는 소문은 그 교우가 죽었다는 것이었다. 젊은 나이였다. 하지만 내가 당한 고통을 생각하면 별로 슬프지도 않았다. 장례에도 가지 않았다. 죽어도 괘씸했다.

잊고 지냈다. 잊히지 않아도 잊으려고 했다. 그럴 즈음 다른 교우가 전화를 걸어왔다. 죽은 교우의 자매가 돈을 갚겠다는 것이었다. 당사자가 죽었는데 그 돈을 어떻게 받느냐고 했다. 죽은 사람이 꼭 갚아야 한다고 했다며 계좌번호를 알려달라고 했다.

죽은 사람이 꼭 갚아야 한다고 했다는 말에 피식 웃음이 나왔다. 그렇다면 죽은 사람을 소원을 들어주어야 하는가. 며칠 후 계좌에 입금이 되었다. 받을 돈의 삼분지 일에 해당하는 금액이었다. 삼분지 이를 잃었는데 공돈이라는 생각이 드는 건 왜일까.

이후 '저승에서 부쳐온 돈'이라는 제목으로 글을 쓴 적이 있었다. 저승에서 부쳐온 돈을 받은 사람 있으면 나와보라고 썼던 것 같다.

나는 삼분지 일에서 십분지 일을 떼어서 다시 돌려보냈다. 죽은 교우의 연미사에 예물로 쓰라는 단서를 달아서.

토목회사에서 하청을 받아 일하는 사람이 있었다. 토목회사는 떴다 방과 같아서 항상 위태위태하다. 하지만 하청받아 일하는 이 업자는 믿을 만했다. 거래액이 크지는 않지만 현금으로 결제했다.

이 업자가 어느 날 원청업체와 직거래를 소개했다. 조금 망설여지긴 했지만 업자를 믿기로 했다. 하루에 한 차씩 실어 나를 만큼 양이 많았다. 두 달을 실어 날랐다. 이웃 가게에선 땡 잡았다며 부러워했다.

결재는 두 달 합쳐서 3개월 어음으로 받았다. 3개월 동안 살얼음판을 걸었다. 이게 깨지면 또 한 번 한강에 갈지도 모른다는 생각에 잠을 설치기 일쑤였다. 3개월이 며칠 남지 않았다. 업자가 자신이 가져간 자재대금을 갚으러 왔다. 나는 그것보다 토목회사가 더 궁금했다.

"토목회사는 잘 돌아가지요?"

"예, 이쪽 공사가 끝나면 곧 다른 곳으로 옮긴다고 하네요."

업자는 자신이 갚을 돈을 현금으로 갚았다. 그런지 불과 며칠 후 업자를 소개했던 사람으로부터 업자가 죽었다며 혹시 물린 돈은 없는지 물었다. 불길한 생각이 들었다. 업자가 비명에 가듯이 토목회사가 갑자기 무너지면? 생각조차 하기 싫었다. 끔찍했다.

드디어 그날이 왔다. 어음은 정상적으로 결제가 이루어졌다. 그런데 이건 또 무슨 일인가. 불과 사흘 후 신문의 부도업체 공시 난에 그 토목회사 이름이 올라와 있는 게 아닌가?

업자의 죽음과 토목회사의 부도, 누구는 운이 닿아 피해를 피했고, 누구는 운이 닿지 않아 피해를 피하지 못했다. 운과 불운 사이 외줄을 타는 인생은 그 자체가 시련이다.

21

시련은 있어도 중단은 없다

지옥으로 가는 열차도 돈을 지불하고 차표를 끊어야 한다. 인생이라는 열차는 공짜는 없다. 고생조차도 수업료를 지불해야 한다. 불행이란 놈은 성질이 고약해서 항상 짝을 지어 다닌다는 것도 비싼 수업료를 지불한 뒤 알았다. 하지만 늘 고생하고 늘 불행한 것만도 아니었다. 인생이란 게 동전과 같아서 앞과 뒤는 반반이었다. 뒤집어지려다 바로 서는 경우도 있고 바로 서려다 뒤집어지는 경우도 있었다.

그런데 가장 확실한 것은 불행이란 놈은 강도처럼 느닷없이 나타나고 행복은 오는지도 모르게 온다는 사실이다. 그러니까 내가 불행하다고 느끼는 그 순간에도 행복은 소리 없이 다가와 있다는 사실이다.

집을 사고 자가용을 샀다. 아니다. 자가용을 먼저 사고 집을 나중에 샀다. 자가용은 아내의 자존심이고 의지의 표시다. 어느 순간부터 나는 종업원도 내보내고 안살림을 맡고 아내가 납품을 하고 수금을 다니는 등 바깥 살림을 맡았다.

바깥 살림을 맡으면서 깨달았을 것이다. 자가용을 가진 사람과 가지지 않은 사람의 대우가 다르다는 것. 아내는 과부 장을 빼서라도 하는 성미다. 운전교습소에 등록하고 면허증을 소지하자마자 자가용을 구입했다.

나는 지금도 운전을 못 한다. 못 하는 게 아니라 안 한다. 운전은 아내의 자존심이기 때문이다. 사람들은 '에이, 설마.'라고 한다. 나는 그런 굴욕쯤은 얼마든지 참을 자신이 있다.

집 역시 아내의 의지다. 분당 일산 평촌 산본 등지에 신도시가 들어설 때마다 신청서를 접수했다. 번번이 거절당했다. 자형이 내 명의로 산 땅 때문이었다. 마지막으로 부천에 신도시가 들어섰다. 아내는 또 신청서를 접수했다. 갈 만한 사람은 다 들어갔는지 이번엔 당첨됐다.

집은 어머니의 소원이기도 했다. 어머니는 아침마다 성모님께 기도했다. 자식들 몫몫이 기도하시다 보니 어머니의 아침기도가 길었다. 우리 몫의 기도지향은 당연히 집이었다.

"성모님, 여우도 굴이 있고 참새도 둥지가 있는데 이 자식은 집이 없습니다. 성모님께서 꼭 기억해 주십시오."

열두 번째 이사하는 날 승강기를 타고 12층으로 올라가면서 몸에 날개가 돋아 하늘에 올라가는 것은 아닐까, 착각했다. 이렇게 높은 데서 살아보기는 생전 처음이었다. 착각에서 깨어나려고 아는 사람을 초대해 저녁마다 집들이를 했다.

한 번 내 집을 갖기가 어렵지 그다음부터는 쉬웠다. 집은 스스로 성장했다. 27평에서 34평, 43평으로 옮겼다. 이사라면 신물이 난다던 아내도 이때는 앞장을 섰다. 게다가 아내는 한때 집을 세 채로 불리기도 했다. 집이 새끼를 친다는 걸 나도 그때 알았다.

지금은 천당 밑에 분당이라는 그 분당에 살고 있다. 첫 번째 미역국을 먹고 분해했던 바로 그 분당이다. 이사를 와서 보니 분당은 내가 좋아할 조건을 모두 갖추고 있었다. 서울에 정착한 지, 아니다. 정착한 적이 없었다. 서울에 뿌리를 내린 지, 이것도 아니다. 뿌리를 내린 적도 없었다. 서울에 떠돈 지 쉰 해 언저리에 집 안에서 산등성이에서 뜨는 해를 바라본 적이 없었다. 집 안에서 흐르는 물도 수돗물밖에 본 적이 없었다.
분당 내 집에서는 사철 자리를 옮겨 가며 능선에서 해가 솟아오른다. 장엄한 그 모습이 얼마나 가슴을 뛰게 하는지 모른다. 아침에 일어나 코앞에 흐르는 탄천을 바라보노라면 간밤에 뒤숭숭했던 꿈을 말끔히 씻어가는 듯 기분이 상쾌해진다.

나도 이젠 이 정도의 행복은 누릴 권리가 있다. 나는 가게를 정리할 때 단 한 푼도 지불하지 않은 돈이 없었다. 하지만 줄 사람들은 내가 가게를 정리한다고 하자 뒤로 슬금슬금 꽁무니를 뺐다. 눈 감아주었다.
빚진 게 있다면 아버지 어머니 형제들이다. 그 빚은 이제 이 세상에서는 갚을 수 없다. 저 세상에 가는 날까지 꼭 기억해 둘 것이다. 저세상에서는 어떤 화폐가 유통될지. 저 세상에 갈 때 입는 곳은 주머니가 없어 이 세상 돈은 가지고 갈 수 없다고 했지. 그것은 거기 가서 생각할 일이다.
어느 때보다도 마음이 평화롭다. 시간에 쫓겨 글을 쓰지 않는다면.

제3부

호랑이 잡으려면
굴에 들어가야

평생 바닥에서 살았다. 몸도 바닥이고, 마음도 바닥이었다.
그러면서 늘 바닥 위를 그리워했다. 현직에서 물러나면
그리워하는 것도 사치가 되었다. 바닥 위를 그리워하던
마음은 바닥 밑을 궁금해하는 마음으로 변했다.

1

말의 씨

자연은 자기정화 능력을 가지고 있다.

"오염된 물은 바다에서 정화되거나 태양열에 의해서 증발하는 과
정에서 정화된다. 지구를 둘러싸고 있는 오존층은 우주로부터 오
는 방사능을 제거할 뿐만 아니라 지구의 오염된 공기를 정화한다.
사막의 모래 먼지는 알칼리성을 가지고 있다. 이러한 모래 먼지는
지구의 산성화를 방지하여 토양의 정화를 도모한다." -옮긴 글.

인간도 잘못을 저지르고 깨닫고 고치는 과정을 통해 더 나은 인간으
로 발전한다. 나는 글을 쓰지 않겠다고 나 자신에게 오금을 박았다. 처
음 '베꼈지?'라는 말을 들었을 때 억장이 무너졌다. 말을 한 사람과 들

은 사람 둘 중 하나는 없어져야 한다고 생각했다.

시간이 흘러 편지라는 형식으로 글을 썼다. 쓸 수밖에 없는 상황이었다. 10년, 20년이 되자 나도 모르게 글을 점점 잘 쓰게 되었다. 오금을 박았던 것에서 한 걸음 물러났다. 자연스럽게 글 쓰는 사람들과 어울렸다.

내가 쓴 글이 사람들에게 읽혔다. 어떤 이는 작가라고 부르기도 했다. 호칭에 부끄러움이 없으려면 더 잘 써야 했다. 하지만 워낙 늦게 시작한 데다 밑천이 짧았다. 딸애가 책을 한 권 써보라고 했다. 내가 책을?

"그러마." 하고 대답하고 차일피일했다. 그사이 딸애가 책을 내고 출판기념회를 열었다. 아비로서 하객들에게 인사 한마디는 있어야 했다. 인사에 곁들여 이런 말을 하고 말았다.

"책을 한 권도 안 내는 사람은 있어도 한 권만 내는 사람은 없습니다. 다음에는 딸애와 제가 같은 날 출판기념회를 열겠습니다."

충격요법이 아니고서는 나태와 차일피일을 끊을 수 없다는 계산이었다. 그날부터 두 세력 간 다툼이 머릿속에서 벌어졌다. 충격요법이 적절했다는 파와 섣불렀다는 파의 다툼이었다.

입에서 떠난 말은 돌이킬 수 없었다. 어디서 실마리를 찾는다? 뭐든 관심을 가지고 보면 이전과 달리 보인다. 그 친구는 동기 모임에서 여러 번 봤다. 서울성모병원 미화관리부 책임자로 있는 친구였다.

그 친구 차에 동승하여 1박 2일 속초 여행을 갔다. 같이 지내는 동안 생각이 떠올랐다. 나도 밑바닥 생활을 했지만 그보다 더 밑바닥이 있다는 것을 알았다. 청소부와 같은 지저분한 환경에서 일하는 사람을 밑바닥이라고 했다. 그 밑바닥이 궁금했다.

"친구, 나 같은 사람도 그 일을 할 수 있을까?"

"왜?"

"한번 해보고 싶어서."

친구는 농담으로 들었다.

여행에서 돌아와서 좀 더 진지하게 말했다. 친구는 여전히 농담으로 받아들였다.

"야, 쓸데없는 소리 집어치워."

"아냐, 농담 아니라니까."

친구를 설득하는 데 한 달이 걸렸다. 그제야 친구는 지금은 빈자리가 없으니 기다리라고 했다. 기다리는 동안 나도 마음이 이랬다저랬다 했다. 가족들은 청소부 남편, 청소부 아빠를 어떻게 생각할까. 이웃과 친지들은 어떤 눈으로 바라볼까?

말은 직업에 귀천이 없다고 하고, 학교에서도 그렇게 가르친다. 하지만 젊은이들부터 더럽고 힘들고 위험한 직업을 기피하는 현상은 어떻게 바라볼 것인가. 늘그막에 청소 일을 하러 다닌다고 하면 저 노인이 노망을 했나, 아니면 노름으로 살림을 털어먹었나 하지는 않을까.

하지만 다시 마음을 다잡았다. 자식들은 이미 시집, 장가를 들어서 혼사가 막힐 염려는 없었다. 그보다 나는 말에 책임을 져야 하는 역사적인 사명을 짊어지고 있었다. 거기가 어떤 세상이든 찾아가야 하는 것이었다. 마음을 정리하고 호랑이 잡으러 호랑이 굴에 들어갈 각오를 단단히 다졌다.

2

저녁에 면도하는 남자

*

근무 형태는 세 가지였다. 주간(데이)과 저녁(이브닝), 야간(나이트) 타임이었다. 나는 힘든 것도 마다치 않았다. 나이트를 선택했다. 저녁 9시부터 아침 다섯 시까지가 야간 조 근무시간이었다.

저녁에 출근하는 여자가 저녁에 화장을 한다면 저녁에 출근하는 남자는 저녁에 면도를 해야 한다. 낮과 밤이 바뀌는 변화를 몸은 어떻게 받아들일까. 우선 지구 반대편 나라로 여행을 떠난다고 생각했다. 다들 미국에 다녀온 사람들은 미국생활을 즐기고 돌아왔다. 편하게 마음을 가지자.

그래도 돌다리도 두드려 보고 건너자 싶어 어느 신부님의 청소부 경험담을 찾아 읽었다.

어느 신부님이 안식년을 맞아 신자들의 팍팍한 삶을 알아보려고 청소부를 지원했다. 그마저 자리를 얻기가 하늘의 별 따기였다. 지인의 도움으로 어렵사리 고속도로 휴게소 청소부 자리를 구했다.

첫 출근을 하는 날 사람들은 신부님을 아저씨라고 불렀다. 여태 한 번도 들어보지 못한 낯선 호칭에 신부님은 당황했다. 단지 호칭만 달라진 것이 아니라 아저씨를 대하는 사람들의 태도가 이전의 신부를 대하는 태도와 너무나 달랐다.

화장실 청소를 했다. 바닥을 반질반질하게 닦아놓으면 금세 더러워졌다. 허리 펼 새 없이 닦고 또 닦았다. 담배 한 모금 피울 새가 없었다.

하루는 고급 승용차를 주차시킨 아주머니가 자판기에서 커피를 뽑고 있었다. 기계가 고장인지 걸쭉한 커피가 나왔다. 이걸 어떻게 마시느냐며 아주머니가 자판기에 대고 아주머니답잖게 신경질을 부렸다.

그렇지, 나도 휴게소의 직원이지. 그렇게 생각한 신부님 청소부가 자기 주머니에서 동전을 꺼내 커피를 뽑아 아주머니에게 공손히 바쳤다. 아주머니는 커피 잔을 받았다. 그리고 신부님을 힐끗 쳐다보더니 걸쭉한 커피 잔을 내밀었다.

"이건 아저씨 드세요."

신부님은 신자들이 어떻게 벌어서 먹고살고, 자식들 공부시키고, 헌금하고 성당 건축비까지 부담하는지 알고 싶었다. 하지만 한 달을 채우자마자 바로 청소복을 벗었다. 더 알고 말고 할 게 없었다.

안식년이 끝난 신부님은 성당에 복귀했다. 그는 다시는 신자들에게 절대 헌금 많이 해라, 건축비 많이 내라 하지 않았다. 신부님의 경험담을 읽고 나는 생각했다. 나는 신부님이 아니라서 다행이라고.

* *

첫 출근하던 날, 뚱뚱한 여자가 열쇠를 하나 주면서 대기실로 안내했다. 나중에 알고 보니 뚱뚱한 여자는 반장이었다.

사내들 몇몇이 제멋대로들 앉아 TV를 시청하고 있었다. 그들은 내가 들어가도 별로 신경도 쓰지 않았다. 반장도 낯선 사내들과의 만남에서 소개 따위는 할 생각이 전혀 없어 보였다.

실내 한쪽 벽면은 지하철 물품보관함처럼 사물함이 빼곡히 채워져 있었다. 열쇠에 적힌 번호와 같은 번호에 꽂고 돌렸다. 문이 열렸다. 옷이 개켜져 있었다. 앉아있는 사내들처럼 옷을 갈아입었다.

새 옷이 아니었다. 입던 옷을 세탁만 해서 개켜놓은 게 분명했다. 아래는 카키색 위는 옅은 회색이었다. 거울에 비춰보지 않아도 죄수처럼 보일 게 틀림없었다. 누구보다 청결해야 하는 청소부에게 청결과 거리가 있어 보이는 이따위 옷을 입히는가.

나는 옷을 갈아입다 말고 잠시 생각에 잠겼다. 그 순간 어머니의 얼굴이 떠올랐던 것이다. 내가 어렸을 적 어머니는 이런 질문을 하셨다.

"넌 커서 뭐가 될래?"

"이발사."

우리 시골 이발사는 이발소라는 장소가 따로 없었다. 따뜻할 때는 별이 드는 곳에서, 더울 때는 나무그늘에서 의자만 놓으면 그 자리가 이발소였다. 겨울은 의자도 필요 없이 방바닥에 앉혔다.

도구도 간단했다. 이발기, 가위, 면도기, 빗, 망토 대신 폭과 길이가 적당히 넓은 광목 보자기, 그것뿐이었다. 그런 간단한 준비로 봄가을에 식구 수를 따져 이발료를 곡식으로 받았다. 게다가 이발사는 자기 편리한 시간에 손님을 받았다. 때문에 자기 농사는 농사대로 짓고 가외의 수입을 올리는 것이었다. 그러므로 도시 사람들이 어떻게 사는지 몰랐던 나는 이발사가 최고로 우러러 보였다. 한데 어머니는 야단을 치셨다.

"이놈아, 남의 더러운 머리나 만지고 코털이나 자르고 그게 그리 대단하냐? 쓸데없는 소리 말고 네 머리에 쇠똥이나 씻어라."

그러셨던 어머니가 늘그막에 추레한 청소복을 입은 꼴을 보면 뭐라하실까? 나는 하늘을 한 번 쳐다보았다.

곧 TV가 꺼지고 사람들이 몰려 나갔다. 따라 나갔다. 남자들은 남자들 대기실에서, 여자들은 여자들 대기실에서 몰려나와 줄을 섰다. 여자들 숫자가 두 배로 많았다. 조회였다. 이곳은 때를 구별하지 않고 저녁에 해도 조회였다.

부소장이 조회를 주관했다. 부소장은 하루 전 입사서류를 작성할 때 인사를 했다. 이런 세계에 어울리지 않게 교양이 있어 보이는 여성이었다.

주의사항 지시사항을 전달하고 곧 해산했다. 나는 대청소반에서 일을 시작하라는 지시를 받았다. 신입인데도 소개하거나 인사를 시키는 그런 순서는 없었다. 곧 뿔뿔이 흩어졌고 나는 대청소반을 따라 어정어정 걸어갔다.

3

대청소반

　　　　　　　　여기 사람들은 모두 이상하다. 처음 보는 사람을 본체만체한다. 청소 현장에 도착한 것 같은데 일할 생각도 않고 말을 걸지도 않고 자기네들끼리 찧고 떠든다. 사람 되게 찐 맛없게 한다.

　그러더니 커피믹스를 종이컵에 쏟아붓고 뜨거운 물을 받아 방금 커피믹스를 쏟은 그 비닐 막대로 저어 한 잔씩 돌린다. 나도 보이긴 했는지 한 잔 건넨다. 말은 없다. 받았다. 나 역시 할 말이 없었다.

　그래도 이건 아니다 싶어 커피를 마시다 말고 관등성명 대듯이 이름을 대고 앞으로 잘 부탁드린다고 말했다. 나 빼고 남자 둘 여자 넷이 모두 입이 붙었다. 웬만하면 박수라도 칠 상황이지만 박수가 뭔지도 모르는 사람들 같았다.

좀 있다 뚱뚱이 반장이 도착했다. 모두 여덟 명이다. 그래서 대청소 반인가 했다. 조회가 끝나고 각자 흩어질 때 보니 다른 이들은 대개 한 사람 아니면 두 사람이 짝을 지어 흩어졌다.

반장은 도착해서 아무 말이 없었다. 그럼에도 여섯 사람은 마치 업무 내용이 미리 입력된 로봇처럼 움직였다. 안내판을 보니 그곳은 내과 진료실이었다. 진료실이라고 하지만 동네병원 두서너 개를 합친 것보다 넓었다.

어떤 사람은 진료실 안의 집기를 들어내고 어떤 사람은 진공청소기로 바닥을 청소하고 어떤 사람은 들어낸 집기에 번호표를 붙였다. 아마도 있던 자리에 정확하게 갖다 놓으려고 그러는 것 같았다.

나는 유령처럼 서있기만 했다. 무엇을 해야 할지 알려주는 사람도 없었고, 무슨 일을 해야 하는지 알지도 못했다. 답답해서 반장에게 가서 물었다.

"저는 무슨 일을 할까요?"

"글쎄요, 오늘은 그냥 지켜보시지요."

반장은 사람들에게 무뚝뚝하고 퉁명스러운 편이었다. 그런 반장이 나를 대할 때는 연한 배처럼 싹싹했다. 그 이유를 시간이 지난 다음에 알았다.

나는 애초에 친구(미화관리부 소장)에게 우리가 친구 사이임을 알리지 말라고 신신당부했다. 친구 사이임이 알려지면 나라는 실체는 사라지고 누구의 친구라는 껍데기만 남는다. 게다가 내 허물은 있어도 덮어질 것이고 자기들 허물은 고자질할까 봐 눈치를 보게 될 것이었다.

내가 처음 성모병원을 방문했던 날 미화관리부 사무실에는 소장과 부소장, 반장밖에 없었다. 인사를 하는 그 자리에서도 소장에게 했던 부탁을 되풀이 당부했다. 그렇다면 두 사람 중 반장을 의심하는 것이 합리적이다. 그리고 이 소문은 다른 청소부들도 알게 되어 나를 경계하게 했다.

＊＊

나는 멀대마냥 서서 다른 사람들이 하는 양을 지켜보았다. 지금부터 묘사하는 것은 출근 첫날의 시선이 아니라 두 달 후의 시선이다.

이날의 대청소반의 주 업무는 진료실 바닥의 벗겨지고 검게 때가 묻은 기존의 왁스를 벗겨내고 새로 왁스를 입히는 작업이었다. 먼저 옮길 수 있는 집기를 모두 들어내고 바닥을 비운 다음 진공청소기로 구석구석 먼지를 제거한다.

그사이 다른 사람은 사방 벽에 커버링(오물이 벽으로 튀지 않게 비닐을 씌우는 작업)을 친다. 또 다른 사람은 물동이에 물을 받아 적당량의 약품을 타서 희석한다. 희석한 물을 바닥에 고루 뿌린다.

시간이 경과하면 바닥에 도포된 왁스가 몽글몽글 부풀어 오른다. 무척 미끄럽다. 조심조심 걷어낸다. 조심한다고 해도 발이 삐끗한다. 그때부터 반장의 음성이 조금씩 올라간다.

"조심하라고 했잖아! 오 씨는 왜 그러고 서있어요! 끌대로 박박 긁어요."

왁스를 걷어낸 다음에도 바닥에 얼룩이 남는다. 물을 뿌린 다음 광택기(일명 돌돌이)로 표면을 깎는다. 광택기는 회전이 빠르고 소리도 크다. 단단한 바닥이 깎이는 소리와 반장의 고음이 경쟁을 한다.

한데 반장의 돌돌이 운전 솜씨는 알아줄 만하다. 뚱뚱한 몸으로 좌에서 우로 우에서 좌로 부드럽게 이동시키는 장면에서는 무도장을 주름잡는 무희를 보는 듯하다. 고성만 빼면.

돌돌이 뒤에는 네 사람이 따라붙는다. 한 사람은 바닥에 고인 희뿌연 물을 통에 퍼 담아 버리고 세 사람은 대걸레를 잡고 바닥을 훔친다. 먼지 한 톨 남아서 안 된다. 세 사람이 일사불란하게 움직이는 이 장면이 가장 극적이다.

세 사람은 대걸레를 잡는 순간 걸레로 호칭이 바뀐다. 앞에서부터 차례로 '1번 걸레', '2번 걸레', '3번 걸레'가 된다.

1번 걸레가 가장 먼저 더러워질 것은 뻔한 이치다. 빠져서 얼른 화장실로 달려간다. 화장실에 걸레 빠는 곳이 별도로 있다. 1번 걸레가 빠진 자리를 2번 걸레가 메꾸고 3번 걸레가 2번 자리로 들어온다. 그 사이 화장실에서 달려온 1번 걸레가 3번 자리를 채운다.

여기서 가끔 혼선이 생긴다. 번호가 바뀐 것을 깜빡하거나 순서를 착각해서 생기는 혼선이다. 그 순간 반장의 고음이 최고조로 올라간다.

"1번 걸레, 3번 자리에 들어가야지 2번 자리에 들어가면 어떡해!"

밀려온 파도가 밀려가고 나면 바닷가가 조용해지듯이 돌돌이가 꺼지면 소란도 멈춘다. 정적도 잠시, 태풍의 전조인 듯 바람 소리가 실내를 가득 채운다. 대형 선풍기를 여러 대 가동해 바닥에 남은 물기의 씨를 말리는 작전에 돌입한 것이다.

선풍기를 켜 놓은 채 사람들은 대기실로 돌아간다. 그 시간이 자정이다. 자정에 밥이 나온다. 점심이다. 한밤중임에도 점심이라고 말한다. 나는 그런가 보다 한다. 하지만 나는 점심을 먹지 않는다. 밤중에 먹는 버릇을 들이고 싶지 않아서다.

식사 후 머리가 바닥에 닿자마자 코를 고는 사람도 있다. 나는 그 시간이 어지간히 무료하다. 눈을 감으면 돌돌이 소리가 귀에 남아 잠이 오지 않는다. 말을 거는 사람도 없다. 빨리 점심시간이 끝나기를 기다린다.

점심시간이 끝나고 다시 작업이 시작된다. 그사이 빠지지 않는 것이 있다. 커피타임이다. 역시 믹스커피를 한 잔씩 돌린다. 나는 평소 커피를 잘 마시지 않는데도 거기 있는 사이 버릇으로 굳었다.

바닥이 그새 뽀송뽀송해졌다. 왁스를 바르고 다시 선풍기를 가동한다. 왁스가 빨리 굳어야 꺼낸 집기를 제자리에 넣을 수 있다.

놀리는 법이 없다. 진료실 앞 대기실과 주변의 화장실을 청소한다. 병원은 바깥을 내다볼 수 없어서 그런지 시간은 빨리 지나간다. 집기를 제자리에 집어넣으면 하루 일과 끝이다. 뒤를 다시 한 번 돌아보고 선풍기와 청소도구를 있던 자리에 갖다 둔다.

4

분위기 파악

잠을 설쳤다. 밤에 자고 낮에 움직이는 버릇이 그새 고쳐질 리는 없다. 그래도 밤을 새웠으면 잠이 와야 하고 잠을 자야 하는데 돌돌이 소리와 반장의 고함소리가 귓전을 떠나지 않았다. 다음 날도 자리만 이동했을 뿐 똑같은 작업이었다. 나는 계속 보고만 있을 수 없어 전날 눈여겨본 대로 여기저기 껴들었다. 하루 만에 일이 손에 익을 리 없다. 흉내를 낼 뿐이었다. 바로 그 순간 순돌이 엄마라는 여자가 소리를 꽥 질렀다.

"이걸 이렇게 하면 어떡해요. 다시 해야 하잖아요."

목소리에 칼이 들어있었다. 모르면 이만저만 하라고 가르쳐야지 표독하게 소리를 지를 게 뭐람. 아무리 봐도 나이도 내가 위 같은데.

말이 나왔으니 말인데 성모병원 소속 270여 명 청소부 가운데 내가 가장 나이배기였다. 군대에서도 3년을 연기하는 바람에 동기 중에서는 나이가 가장 많았다. 군대에서는 나이가 소용없었다.

사회는 조금 다르다. 서로 알든 모르든 나이는 존중해 주는 편이다. 젊게 봐주는 것도 아니면서 나이를 까뭉개는 것은 막가자는 것이다. 순돌이 엄마의 경우가 그랬다. 청소부 사회는 막가는 사회였다.

대청소반의 남녀 성비는 5대 3으로 여성이 우세하다. 하지만 여기가 서로 힘을 모아 일을 하는 데지 성 대결을 펼치는 데는 아니지 않은가. 한데도 남자인 오 씨와 이 씨는 기를 못 폈다.

반장은 자기편이 아니면 아무나 잡았지만 오 씨와 이 씨는 유독 더 잡았다. 그러다 보니 다른 여자들도 오 씨와 이 씨를 만만하게 보았다. 순돌이 엄마가 하는 꼴을 보니 이제 나까지 잡으려는 기세다.

다른 사람들은, 심지어 반장까지도 내가 소장과 친구 사이인 것을 알고 조심하는 편이었다. 순돌이 엄마는 그 소문을 못 들은 모양이었다. 나도 소장의 친구라는 이유로 대접받는 것은 싫었다. 그것은 그것이고 같은 청소부끼리 잡도리하는 꼴은 정말 불쾌했다.

반장이 문제였다. 부소장은 말도 행동도 조신했다. 듣기에 서울의 어느 여학교 교장을 지냈다고 했다. 그분은 내가 입사하자 곧 그만두었다. 반장이 부소장을 대신했다. 조회를 주관하고 야간 청소부를 일괄 지휘 통제하는 책임자가 됐다.

모르긴 해도 부소장은 시어머니 노릇을 할 타입이 아니었다. 반장은 처음부터 시어머니 노릇을 작정한 듯했다. 전방에 사단장이 나타나면 산천초목이 떤다고 하는데 반장이 나타나면 하던 말도 멈추었다. 밤의 여왕이었다.

나는 반장에게 눈엣가시였다. 나만 없으면 명실상부 밤의 여왕이 될 수 있었다. 나는 그때부터 반장이 내 눈치를 보지 않을 방도를 찾고 있다는 낌새를 알아챘다.

나도 팔도 인종이 모이는 서울 바닥에서 50년을 굴렀다. 나쁜 사람을 만나 알거지가 될 뻔도 했고, 좋은 사람을 만나 다시 일어서기도 했다. 성당에서 만난 사람도 좋은 사람이 있고, 나쁜 사람이 있었다. 오랜 시간 부대끼면서 완벽하지는 않지만 나름 사람 보는 안목을 가지게 되었다.

어떤 부모는 말한다. '우리 애는 그런 애가 아니에요. 나쁜 친구 꾐에 빠졌어요.' 모르면 몰라도 십중팔구 나쁜 애는 부모가 말하는 '우리 애'다. 안목이 없으면 깜박 속는다.

'악마는 프라다를 입는다.' 반장은 내 앞에 나타날 때는 언제나 프라다를 입는다. 그리고 뒤로 돌아가면 경극 배우처럼 옷을 갈아입었다. 앞으로 무슨 일을 저지를지 모르는 그 여자가 두려웠다.

5

카펫 위를 걷다

걸레질이라고 다 같은 걸레질이 아니다. 대걸레를 어느 높이에서 잡을지, 팔을 좌우로 얼마나 뻗을지, 정도에 따라 시간과 청소 상태가 달라진다. 걸레질은 또한 반드시 뒷걸음질로 한다. 뒷걸음질로 하지 않으면 걸레질한 자리에 내 발자국이 남기 때문이다. 『내가 정말 알아야 할 모든 것은 유치원에서 배웠다』 나는 이 책을 읽지 못했지만, 제목만 보고서도 내용을 대충 짐작할 듯하다. 어렸을 때 배우고 익힌 기본은 어른이 된 뒤에도 변하지 않는다는 것 아닐까.

대청소반은 군대로 치면 훈련소와 같다. 대청소반은 청소의 모든 기술을 익힐 수 있다. 입사 즉시 나를 대청소반에 투입한 것도 그 때문일 것이다. 하지만 스스로 익히기 전에 가르쳐 주는 사람은 아무도 없었다.

반장 역시 잘못됐을 때 호통만 쳤지 제대로 가르쳐 주지 않았다. 기본은 가르치지 않고 결과만 기대했다. 나만 그런 게 아니라 다른 신입도 마찬가지였다. 오 씨와 이 씨가 같은 잘못을 되풀이하여 혼나는 것도 기본을 제대로 가르치지 않은 탓이었다. 반장이 내 말을 듣는다면 내가 반장을 가르치고 싶었다.

반장은 내가 못마땅하고, 나는 반장이 못마땅했다. 그렇게 한 달이 지났다. 반장은 나를 눈엣가시로 여겨도 나는 관심 밖에 두었다. 타성에 젖는다는 것, 신경을 끈다는 것은 나 하나 편하기는 그 이상이 없다.

그러던 어느 날 소장이 전화를 했다. 우리는 근무시간이 달라 전화가 아니면 소통할 방법이 없었다.

"야, 힘들지?"

"내가 뭐 호강하러 왔냐?"

"무슨 일 하고 싶냐?"

"내가 아냐?"

"조금만 기다려. 자리를 알아볼게."

어쨌든 대청소반은 벗어나고 싶었다. 보고 싶지 않은 얼굴을 매일 보는 것은 고문이나 다름없었다. 반장의 낯 두꺼운 얼굴도 보고 싶지 않지만, 오 씨와 이 씨의 호통에 무감각한 얼굴도 더 이상 보고 싶지 않았다. 무엇보다 새로운 일을 경험해 보고 싶기도 했다.

일주일 후 조회시간에 카펫 팀으로 옮기라는 지시를 받았다. 카펫 팀? 카펫 위를 걸으라는 건가? 이왕이면 붉은 카펫이면 좋겠다, 나름

상상을 하며 카펫 팀 김 씨를 따라갔다.

김 씨는 몸이 약간 뚱뚱하고 어깨가 딱 벌어진 사내였다. 점심시간에 젓가락을 놓기 바쁘게 대기실 옆방에서 코를 골았다. 그래도 늘 잠이 부족해 보이던 얼굴, 얼굴은 알아도 말을 섞어본 적은 없었다.

김 씨는 카펫 세척기를 밀고 나는 진공청소기를 끌고 4층 휴게실로 갔다. 실이라고 해서 방은 아니고 사방이 탁 터진 공간이다. 바닥엔 카펫이 깔려있었다.

사수가 된 김 씨는 보고 배우라는 듯이 바닥에 떨어진 휴지를 줍고 휴지통을 비운 다음 진공청소기로 바닥의 오물들을 제거했다. 그런 다음 카펫 세척기를 밀고 화장실로 갔다. 병원 화장실은 청소부가 사용하기에 편리한 구조로 설계돼 있다.

사수는 카펫 세척기 뚜껑을 열어 물통에 물을 채우고 작은 통에 담긴 액체(세제)를 눈금이 있는 컵에 따라 물통에 부었다. 물과 세제의 비율을 맞추는 게 중요하다고 설명했다.

세척기는 다시 카펫 위로 옮겨졌다. 내가 밀어보았다. 생각보다 묵직했다. 세척기에 전기를 꽂고 스위치를 넣었다. 윙 소리와 함께 헤드에서 물이 뿜어져 나왔다.

사수 김 씨가 시범을 보였다. 진공청소기의 헤드처럼 생긴 헤드를 바닥에 밀착시키고 당겼다 미는 작업을 되풀이했다. 나더러 해보라고 했다. 밀고 당기는 동작은 어렵지 않았다. 그러자 김 씨가 헤드를 더 바닥에 밀착시키라고 했다. 손잡이를 잡은 두 손에 힘을 가했다. 김 씨는

"더, 더!"라고 소리쳤다. 어깨가 아팠다. 나는 5분을 버티지 못하고 손을 들고 말았다.

병원 실내는 여름이나 겨울이나 같은 온도를 유지한다. 여름은 시원하고 겨울은 따뜻하게 느껴진다. 그것은 가만히 있는 사람의 감각이고 움직이는 사람에게는 평소에도 약간 덥게 느껴진다. 청소부처럼 힘을 많이 사용하는 사람들은 땀이 날 만큼 덥다. 단지 5분 동안의 노동으로 온몸에 땀이 비 오듯 했다.

김 씨가 카펫 세척기의 원리를 설명했다. 세척기 헤드는 두 가지 기능을 가졌는데 하나는 물을 뿌리는 기능, 하나는 빨아들이는 기능이다. 두 기능이 따로 작동하는 게 아니라 동시에 이루어진다. 다시 말하면 그 짧은 시간에 세척과 흡수가 동시에 이루어지는 원리다.

세척기 안에는 물통이 두 개 들어있다. 김 씨는 청소가 끝난 후 물통을 비우면서 세척 후의 물이 어떤 상태인지 보여주었다. 아주 진하게 간 먹물과 똑같았다. 겉으로 깨끗해 보이는 카펫이 저런 오물을 품고 있었다는 게 믿어지지 않았다.

6
한 길 사람 속

층마다 휴게실이 없는 곳은 없다. 보통 두세 곳은 있다. 대강당 종합건강검진센터는 가히 운동장 규모다. 가끔은 교수 휴게실에도 들른다. 진료실 중에 카펫이 깔린 곳은 이비인후과가 유일하다. 지금까지 김 씨 혼자 맡았다는 게 믿기지 않았다.

물론 카펫 세척을 설거지하듯 매일 하는 것은 아니다. 작은 휴게실은 하루에 두어 군데, 검진센터나 대강당은 이틀씩 걸리기도 한다. 세척은 하지 않아도 적어도 하루에 한 번은 들러 휴지를 줍고 진공청소기를 돌린다.

그렇다고 죽어라 청소만 하는 것은 아니다. 나는 김 씨로부터 청소의 요령만 배운 게 아니라 요령을 피우는 요령도 전수했다.

세척이 끝난 카펫은 비틀어 짠 빨래에 물기가 남아있듯이 물기가 남는다. 대형 선풍기를 돌려 물기를 없애야 한다. 짧게는 한 시간 길면 두 시간이 소요된다. 그 시간이 막간이다. 으슥한 곳에서 시간을 보낸다.

김 씨는 달변은 아니다. 대신 한 번 입을 열었다 하면 서론에서 본론, 본론에서 결론에 도달해야 막을 내린다. 나는 남의 말을 잘 자르는 편이 아니라 싫어도 들었다. 사수이기도 하니까.

김 씨는 한때 잘나가는 청년 사업가였다고 한다. 그가 말하는 사업은 골프장 사업이다. 분명히 말은 하지 않았지만 실내 골프장으로 짐작했다. 그 시절에는 구청장도, 검사도 친구였다. 누구는 매너가 있고, 누구는 술버릇이 개차반이라고 하는 걸 보면 빈말은 아닌 것 같았다.

이유는 말하지 않았다. 거액의 부도를 내고 캐나다로 도망을 갔다. 캐나다에서 8년을 살았다. 먼 길을 트럭을 몰고 달렸다고 했다. 주유소에서 기름을 넣고 햄버거로 끼니를 때우고 잠깐 눈을 붙인 다음 계속해서 달렸다고 했다.

청소로 전업했다. 학교 하나를 맡으면 수입이 괜찮았다고 했다. 얼마를 벌었는지 하는 부분은 생략되었다.

귀국을 했다. 거액의 부도는 어떻게 처리됐는지 말하지 않았다. 여의도에 있는 어떤 회사에 다닌다고 했다. 무슨 회사인지 거기서 무슨 일을 하는지 말하지 않았다. 그러니까 회사는 원 잡이고, 성모병원 청소부는 투 잡인 셈이었다.

딸이 국제고등학교에 다닌다고 했다. 그 말은 두 가지 의미를 내포한다. 첫째 딸이 공부를 잘한다는 것, 둘째 교육비가 많이 들어간다는 것이다. 자랑과 걱정을 한마디로 요약한 것이 국제고등학교였다.

　김 씨가 점심시간에 젓가락을 던지자마자 코를 고는 이유도 설명이 되었다. 하지만 철인이 아닌 이상 언제까지 투 잡을 감당할 수 있을지 걱정이 안 되는 것도 아니었다.

　김 씨는 사수로서 한 달 동안 열심히 일을 가르쳤다. 한 달이 지나자 어디가 우리 구역이고 어디서 어떤 일을 해야 하는지 모두 파악했다. 그중에서도 가장 중요한 세척작업을 혼자서도 해낼 수 있게 되었다.

　그러자 김 씨는 내가 세척작업을 하는 동안 진공청소기를 끌고 나머지 휴게실을 다니며 청소를 했다. 일을 분담함으로써 일을 빨리 끝낼 수 있었다.

　그러던 어느 날 세척작업을 빨리 끝내고 김 씨가 있을 것으로 짐작되는 장소를 찾아갔다. 김 씨가 보이지 않았다. 다음 장소 다음 장소에서도 보이지 않았다. 둘이서 이야기를 나누던 으슥한 데를 찾아가 보았다. 벤치에 기댄 그의 머리는 아홉 시 방향을 가리키고 있었다.

7
어마어마한 일

　　　　　　　김 씨가 한 달 동안 열심히 가르친 이유를 알
것 같았다. 자기만의 편안한 시간이 필요했던 것이다. 나는 김 씨를 깨
우지 않았다. 깨우는 대신 옆에 놓인 청소기를 소리 나지 않게 끌고 나
머지 휴게실을 돌았다.

　다음 날 김 씨와 나는 별관 청소를 지시받았다. 별관은 처음이었다.
보안요원의 허락을 받고 안으로 들어갈 수 있었다. 별관은 의대생들의
강의실과 직장인들이 단체로 건강검진을 받는 곳으로 분리되어 있었
다. 그날 우리가 맡은 곳은 검진 수속을 담당하는 사무실과 소강당이
었다.

　사무실은 아래층에 소강당은 위층에 있었다. 사무실과 로비, 그리고
강당에 카펫이 깔려있었다. 면적은 넓지 않으나 오래 세척작업을 하지

않아 카펫이 엄청 더러웠다. 시간이 오래 걸리고 아래 위층을 오르내리느라 눈코 뜰 새 없었다. 담배 좋아하는 김 씨는 담배를 피울 막간의 시간도 가지지 못했다.

아침에 퇴근해서 눈을 붙였다. 밤새 일이 힘들었던 터라 다른 때와 달리 곧 잠이 들었다. 꿈결인 양 전화벨 소리가 들렸다. 울리다 말겠지 했는데 다시 울렸다. 잠이 덜 깬 목소리로 전화를 받았다. 반장이었다.

"주무시는데 죄송해요."

"무슨 일입니까?"

"별관 청소하셨지요?"

"시키셨잖아요."

"무슨, 일 없었어요?"

"무슨 일이라뇨?"

"별관에서 연락이 와서요."

"무슨 연락이요?"

"암튼 됐어요. 이따 출근해서 봬요."

됐다니, 자는 사람을 깨워 놓고 됐어? 무슨 일이 있긴 있는데 전혀 짐작도 가지 않는 일이었다. 잠은 이미 달아나 버렸다. 뜬눈으로 새우다시피 하고 출근했다. 조회시간에 반장은 그 일은 입을 꾹 닫고 만날 히는 히나 마나 한 잔소리만 늘어놓았다.

"아니, 자는 사람 깨운 걸 보면 중대한 일인 것 같은데 왜 아무 말이 없습니까?"

"아, 그거 별일 아니에요."

"별일 아니라니요?"

"그쪽에서 오해를 했나 봐요."

"무슨 오해요? 오해도 까닭이 있지 않겠습니까."

"냉장고 안에 뭐가 없어졌다고 하는데, 소장님이 그 친구 절대 함부로 아무 데나 손댈 사람이 아니라고 해서 무마했어요."

"도대체 무엇이 없어졌기에 그 말에 무마가 됩니까?"

추리를 해봤다. 어느 덜떨어진 인간이 냉장고에 먹을 것을 몰래 숨겨 두었는데 누군가가 꺼내 먹었다. 같은 사무실의 동료가 얄미워서 그럴 수도 있었다. 덜떨어진 인간은 그것도 모르고 간밤에 청소부가 다녀갔으니 만만한 청소부를 지목한 것이었다.

김 씨나 나나 냉장고가 어디 있는지도 몰랐다. 설사 알아도 냉장고 청소는 우리 담당이 아니라 열어볼 필요가 없었다. 열어보았다 해도 물건에 손을 댄다는 것은 있을 수 없는 일이다. 중요한 것은 청소부는 남의 물건에 손을 댈 수 있다고 단정한다는 사실이다. 그들 눈에는 청소부가 상식을 가진 일반인과 다르게 보인다는 것이다. 이는 사무실에서 펜대나 잡은 인간들에게는 아무것도 아닌 일이지만 청소부에게는 실로 어마어마한 일이었다. 생각이 거기에 미치자 청소부의 자화상이 새삼 서글퍼졌다.

8
홀로서기

김 씨는 내가 일을 하는 동안 여러 번 으슥한 데서 잠을 잤다. 오죽하면, 하고 보고도 못 본 척했다.

하루는 김 씨에게 물어보았다. 그날은 주말이라 김 씨는 여의도로 출근하지 않았다. 다음 날은 우리도 비번이었다. 절호의 찬스였다. 퇴근길에 같이 밥을 먹는 자리였다.

"밤낮 잠을 못 자서 어떡해요?"

"어쩔 수 없지요. 대신 짬 나는 대로 보충해요. 어떤 날은 버스에서 잠이 들어 종점에서 종점으로 왕복한 적도 있어요."

말이 많은 사람은 술이 한잔 들어가자 말이 더 많았다. 그의 말을 듣노라면 딱하기도 하고 왜 저러고 살까 하는 생각도 들었다.

사람의 인내심은 잠에서 한계가 드러난다. 죄수가 다른 고문은 다 참아도 잠 안 재우기 고문은 못 참는다고 한다. 잠이 보배라는 말도 있다. 그날 이야기 끝에 농담 삼아 한마디 했다.

"딸내미 때문에 돈을 벌어야 한다면 딸내미더러 공부를 더 열심히 하라고 해요. 국제고등학교는 수업료가 비싸다는데 공부를 더 열심히 해서 장학금을 받으면 될 게 아니요."

심청이가 환생을 했다면 모를까 꿈같은 이야기였다.

결국은 잠이 김 씨의 발목을 잡았다. 김 씨는 TV 소리, 사람들이 두런거리는 소리는 둔감했다. 대신 TV가 꺼지고 사람들이 조용해지면 눈을 번쩍 뜨는 버릇이 있었다. 그날도 그러려니 하고 나 먼저 일하던 곳으로 갔다.

시간이 지나도 김 씨는 오지 않았다. 깨우러 갈까 하다 그만두었다. 혼자서도 할 수 있는 일인 데다 어차피 나와도 으슥한 데서 또 잠이 들게 뻔했다.

훗날 들리는 말에 의하면 그날 상황이 묘했다. 남녀 대기실과 미화관리부 사무실은 지하 3층에 있다. 사무실은 원래 야간에는 비어있고, 대기실은 작업시간에는 아무도 없다. 아무도 없을 시간에 김 씨 혼자 잠들어 있었다.

하필 그 시간에 김 씨의 코 고는 소리가 정점에 치달았고 하필 그 시간에 누가 김 씨의 코 고는 소리를 들었다.

구체적인 내용을 아는 사람은 없었다. 사무실에서 비밀스럽게 처리

하면 비밀이 된다. 비밀이 아닌 것은 김 씨가 더 이상 출근하지 않는다는 그 사실 하나다.

생각이 복잡했다. 깨울 걸 그랬나 보다 하는 생각, 본인을 위해서 잘됐다는 생각이 서로 부딪혔다. 깨우지 않은 건 도리의 문제고 자신의 건강을 위해서는 하나를 정리하는 게 맞는 것이었다.

그건 그 문제고 나는 졸지에 서방 잃은 여편네 신세가 되었다. 구들장을 지고 있어도 없는 것보다 낫다는 게 서방이다.

내가 일을 익힌 후 김 씨가 게을러진 것은 사실이지만, 때로는 혼자서 감당 못 할 일도 있는 것이었다. 마침 김 씨가 그만두자 날이 풀리고 날이 풀리자 대강당은 매주 세미나다, 무슨 강좌다 행사가 줄을 이었다.

행사 때마다 로비에 늘어선 화환들, 사람들 눈은 즐거울지 몰라도 청소부에게는 쓰레기로 보일 뿐이다. 주최자는 숫자가 많을수록 입이 벌어질지 몰라도 많으면 많을수록 청소부의 몸은 고달파질 뿐이다.

행사가 끝나면 화환은 곧장 쓰레기 집하장으로 옮겨진다. 수레에 실으면 한 번에 너덧 개가 고작이다. 긴 복도를 밀고 가서 승강기를 타고 내려가서 다시 긴 복도를 밀고 간다. 많으면 일고여덟 차례다.

보리방아 찧을 때는 죽은 시어머니 생각이 간절하다고 그럴 때는 힘이 좋은 김 씨 생각이 간절했다.

9
청소부의 비애

청소는 결과로 평가한다. 이전에 얼마나 더러웠는지, 이전에 얼마나 어질러져 있었는지 감안하지 않는다. 도중에 얼마나 힘들었는지 평가하지 않는다. 청소를 마친 후의 상태만 평가의 대상이다.

가을이 되면 거리 청소부는 맨날 욕먹는다. 시민 중에는 낙엽을 그대로 두기를 바라는 사람도 있다. 윗사람들 눈에는 쓰레기일 뿐이다. 비가 오면 하수구를 막는 장애물일 뿐이다. 그래서 윗사람들은 계속해서 낙엽을 떨어뜨리는 나무는 보지 않고 길바닥만 내려다본다.

대강당은 화환만 문제가 아니다. 화환은 치우면 되지만 더 심각한 것은 커피 자국이다. 강당 출입구엔 '커피 반입 금지'라는 팻말이 붙어 있다.

강당 행사에 드나드는 사람은 대개 의료인이다. 강좌 세미나가 모두 의료와 관계된 것들이다. 쉽게 말해서 의사가 대부분이다. 의사들은 진료카드에 기록하는 암호 같은 꼬부랑 글씨에 익숙해서 그런지 '커피 반입 금지'라는 한글을 해독하지 못하는 모양이었다.

의사들에게 당부하고 싶은 말이 있다. 커피를 반입했으면 반드시 한 방울 남기지 말고 마실 것. 혹시 손 떨림 증세가 있다면 다른 의사의 치료를 받을 것. 마지막으로 카펫 위에 지도를 그리려면 실제 지도와 같게 그릴 것.

커피 자국은 세척기로 지워지지 않는다. 세척기로 여러 번 시도했지만 지워지지 않았다. 그 때문에 감독의 지적을 받았다. 보기 싫으니 지우라는 것이었다. 오래된 세탁소를 찾아갔다.

"커피 자국을 어떻게 지우지요?"

"글쎄요."

"방법이 없습니까?"

"방법이 있으면 알려주십시오."

결과만 놓고 평가하는 감독은 이런 사정을 모른다.

이런 일도 있었다. 밤늦은 시각이었다. 지하의 편의점 앞 휴게실은 그 시간에도 대낮처럼 사람들이 모여 담소를 한다. 가혹 인턴이지 레지던트인지 흰 가운을 입은 사람도 눈에 띈다.

면회를 온 것 같았다. 흰 가운과 젊은 여자가 붙어 앉아 이야기를 나누고 있었다. 청소기를 끌고 갔다.

"죄송합니다. 잠깐 청소 좀 하겠습니다. 잠깐이면 됩니다."

이렇게 말하면 사람들은 일어서 자리를 비켜준다. 청소기에 스위치를 넣었다. 입구에서부터 한 발자국 한 발자국 발을 옮겼다. 흰 가운과 젊은 여자는 누가 이기나 보자 하고 자리에서 일어나지 않았다.

청소기의 헤드가 발 가까이 다가가자 흰 가운이 발 하나를 들었다. 헤드가 움직이자 들었던 발을 내려놓고 다른 발을 들었다. 마음 같아서는 들었던 발을 내려놓지 못하게 헤드를 그 자리에 계속 두고 싶었다.

인턴이 아니라 레지던트가 아니라 병원장이라도 그래서는 안 되는 것이었다. 만약 청소부가 의사가 앉아있는 자리를 건너뛴다면 수술 의사가 혹을 남겨두고 배를 봉합하는 것과 뭐가 다른가.

내 주변에도 의사가 여럿 있다. 사위가 의사고 조카 둘, 조카사위, 5촌 조카가 의사다. 이 사람들이 가정에서 서열이 아래라서 어른에게 깍듯하게 하는 것이 아니다. 이 사람들은 어디 가서든 누구를 만나서든 깍듯했다.

우리 어머니는 병원에 진료를 받으러 가서도 당당했다. 한번은 어머니를 모시고 동네병원에 간 적이 있었다.

"할머니, 어떻게 오셨어요?"

"아파서 왔지요."

"어디가 편찮으신데요?"

"어디가 아픈지 의사가 찾아야지요."

의사는 웃었다. 그리고 아픈 데를 찾아내려고 이곳저곳 몸을 살폈다.

사람이 바윗돌에 걸려 넘어지는 법은 없다. 작은 돌부리에 걸려 넘어진다. 나는 그날 자식뻘 같은 흰 가운의 사소한 행동 하나로 말미암아 청소부의 비애를 뼈저리게 느꼈다. 비단 청소부로서의 비애뿐만 아니라 저런 의사가 진료실에서는 사람을 차별하지 않을까 걱정이 되었다.

그럴걸랑 제 식구끼리라도 감싸야 하는데 그렇지도 않았다. 반장은 저도 청소부로 잔뼈가 굵었으면서도 청소부를 못 잡아먹어 으르렁대고, 사무실의 높은 어른들은 신성해야 할 근로계약서를 족쇄로 이용하는 실정이었다.

10

돌파구

*

　　민주화를 이루었다는 21세기 대한민국의 한복
판에 이렇게 폐쇄적인 사회가 존재할 줄은 미처 몰랐다. 청소부 사회
가 바닥인 줄은 알았다. 하는 일이 바닥과 씨름을 해서 바닥인 줄 알
았는데 그 바닥과 다른 바닥이 존재하고 있었다.

　'나는 청소부입니다.' 하고 떳떳하게 말하는 청소부는 없다. 직업을
당당하게 밝히지 못하는 것도 슬프다. 더 슬픈 것은 청소부는 인간이
가지는 기본적인 감정을 다 표현하지 못하고 산다는 것이다.

　인간이 가지는 기본적인 감정은 '희로애락'이다. 기쁠 때는 기뻐하고,
노여울 때는 노여워하고, 슬플 때는 슬퍼하고, 즐거울 때는 즐거워해야
사람이다. 봄이 되면 송아지를 마구간에서 내놓는다. 송아지는 뒷발을

쳐들면서 마당을 빙글빙글 돈다. 하물며 송아지도 좋아하는 감정을 겉으로 드러낸다.

주간은 어떤지 몰라도 성모병원 야간 청소부들은 감정을 표현할 배출구가 없었다. 출근하고 바닥과 씨름하고 욕먹고 퇴근하는 쳇바퀴 생활의 반복이 있을 뿐이었다.

4개월이 지나자 나도 그쪽 세계를 알 만큼은 알게 되었다. 김 씨가 나간 이후 누구 하나 마음을 나누는 사람은 없었다. 그중에 그래도 검진센터 이 씨는 서로 마음을 터놓고 지냈다. 검진센터는 워낙 넓은 데다 바닥이 모두 카펫이다. 거기서 머무는 시간이 길 수밖에 없었다.

그렇다고 작업시간에 긴 이야기를 할 수는 없었다. 딱 한 번 퇴근길에 밥을 먹은 적이 있었다. 그는 오래 근무를 해서 많은 것을 알고 있었다. 하지만 슬쩍슬쩍 변죽만 울리고 깊은 이야기는 들려주지 않았다. 나는 직감했다. 이 세계에서 살아남으려면 스스로 입을 단속해야 하는구나.

그러던 중에 한 줄기 희망의 빛을 보았다. 김 씨가 나간 후에도 산부인과 안 씨 아줌마와 이비인후과 김 씨 아줌마는 여전히 내가 지나가면 커피를 대접했다. 알고 보니 이 두 아줌마는 고향도 비슷하고 나이가 비슷해서 서로 언니 동생으로 지냈다. 나 역시도 사투리가 통하는데다 나이두 별 차이가 없었다.

어느 날 안 씨가 같이 밥을 먹자는 제안을 했다. 듣던 중 반가운 소리였다. 이왕이면 여러 사람을 포섭해서 노량진으로 진격하자는 제안이었다. 노량진은 가깝기도 하거니와 횟집에서 회를 떠서 상차림 집에서 먹으면 돈도 많이 들지 않는다는 것이었다.

여자 중에서는 안 씨가 나이가 가장 많은 데다 리더십이 있었다. 안 씨가 암암리에 일을 추진하자 여남 명이 동조를 했다. 그중 남자도 나를 포함해 네 명이었다.

퇴근 후 고속터미널역에서 접선했다. 노량진은 직행 전철로 두 정거장이었다. 나는 그날 비용은 내가 부담할 생각으로 회를 고르는 아줌마들 뒤를 바짝 따랐다. 내가 비용을 지불하려는 순간 안 씨 아줌마가 가로막았다. 그렇다. 청소부도 마지막 자존심은 내려놓지 않아야 한다. 나는 긍정적으로 해석했다.

상차림 집에서 상을 가운데 두고 마주 앉았다. 몇몇은 얼굴은 알아도 한 번도 대화를 해보지 않았다. 나는 처음 신입생 환영회에 초대받았을 때처럼 기분이 좋았다. 한 아줌마가 물었다.

"소장님과 친구 사이라면서요?"

"예, 그 친구 늘 꽃밭에서 산다고 자랑을 합디다. 모임에 나올 때도 여자를 데리고 나오던 걸요?"

다른 아줌마가 받았다.

"어머! 나도 봤어. 그날 비번이었어. 일을 보고 돌아오는 길이었어. 어두운 길에 둘이 나란히 걸어오는데 소장님이랑 감독이었어. 예사롭지 않더라고."

감독은 청소 상태를 사후 점검하는 직책이다. 나도 사무실에서 본

적이 있는데 화장을 짙게 하고 있었다.

분위기는 그렇게 익어갔다. 모처럼의 광경이 너무 보기에 좋았다. 약장수라고 별명이 붙은 떠벌이 신 씨가 한마디 거들었다.

"참 보기에 좋습니다요. 스트레스가 확 풀립니다. 어떻습니까, 형님. 종종 이런 기회를 만들면 좋겠지요?"

신 씨는 나를 형님이라고 호칭하면서 의중을 떠보았다. 반대할 리가 없었다. 노여워도 노여워할 줄 모르고 슬퍼도 슬퍼할 줄을 모르는, 몰라서 모르는 게 아니라 알아도 표현하지 못하는 심정은 오죽할까.

아무도 싫다는 사람은 없었다. 기회가 없어서 슬픈 짐승들이었다. 짐승들은 울부짖다시피 속에 있는 것을 한마디씩 털어놓았다. 바로 그 시간이 천국이었다.

* *

다음 날 반장의 넙데데한 얼굴에 그려진 일기도는 대기가 불안정한 상태였다. 전날 노량진에 같이 갔던 사람이 등을 쿡 찔렀다.

"누가 고자질을 했나 봐요. 반장이 화를 내더래요."

사람들이 다 좋아하지 않았는가. 종종 그러자고 하지 않았는가. 그게 화를 낼 일인가. 그 때문에 작업에 차질이 생긴 것도 아니지 않은가? 나는 두대체 그 이유를 알 수 없었다.

반장은 그 일을 직접 꺼내지는 않았다. 안 해도 될 잔소리로 불만을 털어놓는 것 같았다. 그러거나 말거나.

나는 처음부터 느꼈지만 반장은 반장이 돼서는 안 될 사람이었다. 청소부 세계의 산 역사 검진센터 이 씨에 따르면 반장의 청소부 이력은 화려했다. 어느 업체에서 몇 년 또 어느 업체에서 몇 년, 청소부로서 잔뼈가 굵었다.

나도 그 점은 인정한다. 내가 그의 자질을 높이 살 수밖에 없는 사건이 있었다.

여자 화장실 청소를 할 때였다. 이런 말은 쓰고 싶지 않지만 쓰지 않으면 설명이 안 된다. 어느 여자가 쌌는지, 그걸 싸고도 몸이 성했는지 모르지만 똥자루가 큰 노각(늙어서 빛이 누렇게 된 오이)만 했다. 그것이 변기 속에 걸쳐져 있었던 것이다.

물을 내려도 내리나 마나였다. 어떻게 해볼 도리가 없었다. 반장에게 알렸다. 반장도 기가 막힌 표정을 지었다. 게다가 여자 화장실이라서 더 난감해하는 것 같았다.

그러나 다음 순간 반장은 고무장갑을 찾아서 끼고 징그러운 그것을 떡처럼 주물렀다. 충분히 주무른 다음 물을 내렸다. 체증이 뚫렸다는 듯이 끄억 소리를 내며 변기 구멍을 빠져나갔다.

청소부의 자질과 리더십은 다르다. 훌륭한 씨름선수는 힘을 쓰는 것 같지 않게 힘을 쓴다. 마치 상대가 제 물에 쓰러지는 것처럼 보인다. 지도자도 힘을 쓰는 것이 보이면 안 된다. 반장은 표정에 말투에 힘이 들어가 있었다.

대청소반의 오 씨와 이 씨가 늘 주눅이 들어 있는 것은 반장의 눈에 뻔히 보이는 힘 때문이다. 그렇다고 오 씨와 이 씨의 나쁜 버릇이 고쳐지는 것도 아니었다. 갈수록 주눅이 들어 어리바리할 뿐이었다.

힘으로 억압당하는 상태에서는 창의성이 발휘될 수 없다. 사람은 저마다 자기만의 재능이 있다. 강제력은 재능에 아무런 도움이 되지 않는다. 그러면서 발전이 없다고 또 호통친다.

나는 반장이 호통을 치거나 말거나 개의치 않았다. 엎드려서 3년을 사느니 서서 하루를 살자는 게 내 주장이었다.

퇴근 후에 웃고 떠들고 목에 때를 좀 벗긴다고 해서 다음 날 근무에 지장을 주는 것도 아니었다. 퇴근 후에 무슨 짓을 하든 시비를 하는 게 문제였다.

이번에는 내가 앞장을 섰다. 퇴근 후에 바로 만날 수 있는 장소를 물색했다. 호남선 고속버스터미널 옆에 식당이 하나 있었다. 첫차를 기다리는 사람들을 위해 일찍 문을 여는 집이었다. 간단한 식사 외에 삼겹살도 메뉴에 포함되어 있었다. 그 집을 찍은 다음 사발통문을 돌렸다.

11
파리 목숨

삼겹살집에 모인 사람은 노량진 때보다 숫자가
더 늘었다. 그것이 사람들의 마음이었다. 전통사회에서 사랑방이 머슴
들의 배설 공간이라면 우물가 빨래터 부엌은 여성들의 배설 공간이었
다. 이곳 사람들에게는 공간과 시간이 주어지지 않았다. 삼겹살집의 큼
직한 방 하나를 차지했다. 삼겹살이 아니라도 안줏거리는 넉넉할 것이
지만 삼겹살도 넉넉히 시켰다. 소주도 몇 병 시켰다. 이번에는 내가 한
턱 쏠 생각이었다. 사람들은 해방된 민족처럼 얼굴마다 웃음이 넘쳤다.
수다가 꼬리를 물었다. 그동안 입이 근질거려 어떻게 살았을까 싶었다.

판이 무르익을 무렵 반장이 나타났다. 업무 보고 때문에 늦은 것은
이해하지만, 그 시간에 나타난 것은 의외였다.

반장이 나타나자 장내가 잠시 조용해졌다. 그다지 반기는 눈치가 아니었다. 반장은 없을 때 안줏거리가 되는 것이지 눈앞에 있으면 안줏거리가 되지 못하는 것이었다. 사람들은 그래서 보이지 않게 입을 비죽거렸다.

나는 반장이 자리에 앉기를 권하고 잘 오셨다고 인사를 했다. 새로 반찬을 몇 가지 청해서 반장 앞에 놓았다.

"참석해 주셔서 감사합니다. 반장님이 오시니까 분위기가 사는 것 같습니다. 앞으로 종종 이런 자리를 만들면 좋겠습니다."

"좋지요."

마지못해 대답은 하면서도 썩 달가운 표정은 아니었다. 다들 반장의 눈치를 살폈다. 가라앉은 분위기는 다시 살아나지 않았다. 반장은 그 자리에 오지 말았어야 했다. 왔으면 화끈하게 분위기를 살렸어야 했다.

며칠 잠잠했다. 이곳은 잠잠해도 불안했다. 나는 줄곧 반장이 그날 늦게 나타난 이유가 궁금했다. 나타났으면 사람들 기분을 맞춰 주든가 차린 음식이라도 맛있게 먹을 것이지 저녁 굶은 시어머니 상을 해가지고 건성으로 젓가락질을 할 게 뭐람.

나는 반장을 의심했다. 반장은 간밤에 있었던 업무를 보고할 때 과잉 충성하느라 청소 직원들의 동향도 보고했을 것이었다. 보고를 받은 소장은 '그래?' 하고 동태를 살펴보라고 지시를 했을 것이었다.

내가 그렇게 의심을 하는 것은 아무래도 이곳 분위기가 이상해서였다. 이렇게 억압된 분위기라면 거기에 저항하는 반작용이 있어야 하는데 그런 기미가 전혀 보이지 않았다.

내 추측을 들어맞았다. 며칠 후 조회시간에 대형 사건이 터졌다. 경천동지할 끔찍한 사건이었다.

"앞으로 회식을 할 수 없습니다. 위에서 지시를 내렸습니다. 높은 분의 눈에 띈 것 같습니다. 좌우지간 회식을 금지합니다. 퇴근 후의 활동도 근무의 연장입니다. 각별히 주의해 주시기 바랍니다."

이것이 반장의 입에서 나온 공식 선언이었다. 혁명이 일어나지 않고 이런 선언이 나올 수 없었다. 군사정부 시절에 몇 차례 긴급조치를 발동할 때도 집회를 금지한다는 조항은 있어도 회식을 금지하는 조항은 없었다.

말이 되지 않는 것이 첫째, 높으신 분이 목격을 했다고? 청소부가 나는 성모병원 청소부요, 하고 이마에 써 붙이고 술을 마시는 것도 아니었다. 설사 술을 마시기로서니 퇴근 후에 술 한잔도 할 수 없다는 말인가?

둘째, 퇴근 후의 활동이 근무의 연장이라고? 그렇다면 지금까지 연장수당을 지불했는지 자료를 내놓아야 한다. 근무시간 8시간을 뺀 나머지 16시간에 수당을 매기면 단순 산술로도 봉급의 두 배를 지급해야 한다.

청소부를 개돼지로 알지 않고서는 할 수 없는 짓거리였다. 더 이해할 수 없는 것은 사람들의 반응이 무반응이라는 사실이었다. 머리를 한 대 맞으면 최소한 손으로 막는 시늉을 해야 정상이다. 이 사람들은 막기는커녕 아야 소리도 지르지 못하고 되레 한 대 더 때려 달라고 머리를 내미는 꼴이었다. 이유가 있었다. 근로계약서가 그들의 발목을 잡았다. 근로계약서의 목적은 근로자를 보호하는 데 있어야 한다. 보호는커녕 이들에게는 족쇄였다. 족쇄에 묶여 옴짝달싹 못 하는 파리 목숨 같은 존재였다. 나도 그것을 경험하기 전에는 왜 족쇄인지 몰랐다.

12
장군 멍군

내가 청소부가 된 것은 호기심 때문이었다. 어차피 놀고 있었다. 돈은 벌어도 그만, 안 벌어도 그만이었다. 청소부의 세계는 미답의 세계였다. 청소부가 되면 미답의 세계를 여행도 하고 용돈도 벌 수 있다고 생각했다.

가이드는 일방적이었다. 하나에서부터 열까지 자기 방식을 따를 것을 강요했다. 사돈 오이 먹는 방식도 제각각인데 가이드는 한 가지 방식만 고집했다. 일과시간 외의 시간까지 통제했다. 한 번도 경험해 보지 못했지만 북한 인민들이 그렇게 생활할 것 같았다.

코로나로 봉쇄당한 중국 시민들이 흰 종이를 들고 시위에 나섰다. 이른바 백지시위다. 시위는 전국으로 번졌다. 종신집권을 노리던 시진

핑 주석마저 백기를 들었다. 철권정치를 하는 공산주의 사회에서도 민심은 천심이다.

하지만 이곳 청소부들은 공산독재의 시민보다 더 무력했다. 회식을 금지한다고 해도 저항하는 사람이 없었다. 집안일을 통제해도 받아들일 태세였다. 퇴근 후의 활동이 근무의 연장이라고 해도 그러면 연장수당은 얼마를 줄 거냐고 따지는 사람도 없었다.

이 사람들이 바보는 아니다. 족쇄가 채워져 있기 때문이었다. 근로계약서 상 계약 기간은 대개 일 년이었다. 갑과 을 쌍방이 이의를 제기하지 않으면 자동 연장되는 방식이었다. 이 방식이 모든 청소부에게 통용되는 것은 아니었다.

이른바 찍힌 사람들은 기한이 끝나면 자동 해고되거나 정상을 참작해 6개월, 3개월로 쪼개기 계약을 했다. 내가 계약서를 본 것은 아니었다. 당사자가 자기는 6개월 시한부, 3개월 시한부라고 말하는 것을 들었다.

그런 안전장치를 두고서도 회식을 금지하는 이유는 뭘까? 노동자에게는 세 가지 권리가 있다. 단결권, 단체행동권, 단체교섭권이 그것이다. 그중에서도 첫 번째는 단결권이다. 아예 씨를 말리자는 게 아닐까.

여기 있는 사람들은 노동 3권에 대한 의식조차 없었다. 시한부 인생이 마당에 풀 좀 났다고 걱정할 일인가. 목표는 나였다.

사람들은 처음에는 나를 경계했다. 소장이 심어놓은 끄나풀로 알았다. 시간이 지나면서 경계심은 풀렸다. 내가 그들에게 호기심을 가졌던 것처럼 그들도 호기심으로 다가왔다.

나는 그들에 비해 자유분방했다. 지난 수년간 작가들을 만나면서 세상을 더 넓게 바라보는 눈도 가지게 되었다. 사람들은 그것을 좋아했다. 그것뿐이었다.

소장을 한번 만나보기로 했다. 만나도 방법은 없을 것이었다. 소장은 군에서 잔뼈가 굵었다. 소년병으로 입대를 해서 중령으로 예편했다. 그나름 출세를 했다. 하지만 외골수다. 군에서 잔뼈가 굵은 사람은 사회에 나와도 군인이다.

세 시간을 기다려 만났다. 그의 출근 시간과 내 퇴근 시간이 맞지 않기 때문이다. 몇 달 만에 만났으면 반가워야 할 텐데 그는 반가운 표정이 아니었다.

"내 험담을 하고 다닌다면서?"

수인사도 나누기 전에 대뜸 뜬금없는 소리를 했다.

청소부가 되기 전에 나는 재경동창회 회장이었다. 소장은 회원이었다. 회장이나 회원이나 친구였다. 내가 청소부가 된 후로 그는 소장이고 나는 일개 청소부다. 그의 말본새는 친구를 뛰어넘고 있었다.

전에 술자리에서 했던 이야기가 그의 귀에 들어간 것이 놀라웠다. 모임에 나올 때마다 여자를 달고 나오더란 얘기는 했었다. 더 놀라운 것은 그걸 꼬투리로 삼는 친구의 모습이었다. 벼르고 나온 사람 같았다.

"뭔 소리야?"

나는 짐짓 모른 체했다. 몇 발자국 떨어진 자리에서 감독이 우리 쪽을 주시하고 있었다. 밤늦은 시간에 어깨를 나란히 하고 걸어가는 것을 보았다고 했던 그 감독이었다. 그는 볼 때마다 짙은 화장을 했다.

"직장 상사는 술자리 안주 아냐? 그 재미에 상사 되는 거 아냐?"

"안주 같은 소리 하네."

"안줏거리 되기 싫어서 회식을 금지한 거야?"

"그따위 소리할 거면 가서 잠이나 자."

대화가 되긴 틀렸다. 이런 친구하고 대화하기보다 차라리 벽창호에 대고 소리 지르는 게 나을 것 같았다. 그래서 일어서려는데 오금을 박듯이 한마디 했다.

"이제 애 볼 준비나 하시지."

"뭔 소리야?"

"6개월이 얼마 안 남았을걸."

얼마 안 남은 건 사실이었다. 나는 순간 그 말에 반격의 실마리를 찾았다.

"6개월 연장할 거야."

"누구 맘대로."

"안 된다는 거야?"

대들 듯이 말했다. 거기서 더 물러서면 나만 발가벗겨지는 꼴이었다. 게다가 여행으로 치면 이제 막 중간지점에 와 있었다.

"6개월 연장하는 거로 알고 갈게."

나도 오금을 박듯이 말하고 뒤도 돌아보지 않고 나와버렸다.

13

눈엣가시

직장인들에게 퇴근길의 낭만을 빼앗는다는 것은 인간의 기본권인 행복추구권을 박탈하는 거나 마찬가지다. 나는 그 권리를 포기할 수 없었다. 나와 똑같은 생각을 가진 사람이 둘이나 있어서 든든했다. 세 사람은 자주 어울려 다녔다. 한 번은 다른 네 명을 더 포섭해 일곱 명이 밥을 먹고 이차로 노래방에 갔다. 새벽에 문을 여는 노래방은 대학가에 있다. 전철을 타고 이동했다. 마치 독립군이 된 것 같았다.

일곱 명 중 대청소반 이 씨도 있었다. 식사 때 술을 좀 과하게 먹는다 싶더니 노래방에 도착하자 의자에 고꾸라져 잠이 들었다. 소음도 자장가인 양 아랑곳하지 않았다. 그런데 좀 있다 보니 그의 가랑이 밑이 흥건했다.

형제 중에 유독 부모 사랑을 받지 못하는 아이가 오줌을 싼다는 말이 있다. 몸의 배설을 통해 마음의 배설을 보상한다는 것이다.

이 씨는 시도 때도 없이 구박을 받았다. 이 씨가 잘못하는 부분도 있지만 대부분의 경우 반장은 습관적으로 이 씨를 나무랐다. 이 씨는 성격이 무던한 건지 바보스러운지 대들 줄을 몰랐다. 속으로는 얼마나 쌓였을까 싶어 마음이 짠했다. 나는 다른 사람들이 눈치채지 못하게 이 씨를 깨워 집으로 돌려보냈다. 그러는 동안 다른 사람들은 차례차례 마이크를 넘겨받아 노래를 불렀다. 목소리에 한이 맺혀 있었다.

여러 사람이 움직인 건 그것이 마지막이었다. 남은 사람은 둘, 둘은 나와 나이가 비슷했다. 내일모레 칠십을 바라보는 나이라 언제 그만둬도 괜찮다는 배짱을 가졌다. 하루는 셋이 같이 밥을 먹고 있는데 반장의 똘마니가 식당으로 들어왔다. 반장은 항상 뒷골목 깡패처럼 왼쪽 오른쪽에 똘마니 둘을 거느리고 다니는데 그중 한 명이었다.

똘마니는 빈자리가 있어도 앉지 않았다. 밥을 먹으러 온 게 아니었다. 누군가를 찾는 눈치였다. 그러다 우리와 눈이 마주쳤다. 똘마니는 못 본 체 슬그머니 사라졌다. 그런 일이 한두 번이 아니었다.

그런 일이 있은 후 우리는 병원 옆 고속터미널역에서 전철을 타고 이수역이나 논현역으로 장소를 옮겼다. 첩보영화에서나 보는 장면이었다.

감시의 눈은 항상 따라다녔다. 퇴근길에 만나 밥을 먹는 것도 항시 그러는 것은 아니었다. 그럼에도 감시는 멈추지 않았다. 기분이 나빴다. 어떻게든 반장을 만나봐야겠다고 생각했다. 어렵게 구슬려 밥을 한 끼 먹게 되었다.

소장을 만난 후 나와 소장의 관계는 소원했다. 반장이 그것까지 세세하게 알지는 못할 것이었다. 그래서 그런지 반장은 내 청을 딱 자르지 않았다. 내켜 하는 것 같지도 않았지만 어쨌든 약속 장소에 똘마니 하나를 거느리고 나타났다.

해도 좋고 안 해도 좋은 시시껄렁한 이야기를 했다. 그녀의 뇌 구조가 궁금했다. 대화 중에 실마리를 찾고자 했다. 어떻게 하다 자녀 문제로 이야기가 옮겨갔다. 그러자 반장이 대안학교에 다니는 딸 자랑을 했다.

대안학교라면 그렇지 않은 경우도 있지만, 문제아가 가는 학교다. 그래서 많은 부모는 자녀를 대안학교에 보내지 않는다. 그럼에도 자랑스러워 하는 걸 보면 문제아는 아닌 것 같았다.

"따님의 의견을 존중하나 봐요?"

"존중해야지요. 안 그러면 빗나가거든요."

잠시 뜸을 들인 뒤 내가 말했다.

"풍선효과란 말 들어보셨지요?"

"풍선효과요?"

"풍선을 누르면 그 부분은 들어가지만 다른 부분이 튀어나오잖아요. 자식도 그렇고 사람들도 다 마찬가지예요. 한쪽을 통제하면 다른 쪽에 문제가 생기지요."

알아들을 사람이면 내가 무슨 말을 하려는지 알아들었을 것이다. 하지만 반장은 변화가 없었다. 실망하지 않았다. 반장은 변할 사람이 아니었다. 여전히 나를 눈엣가시처럼 여기고 감시를 소홀히 하지 않았다. 아니면 그 말을 알아듣고 반작용으로 더 압박해 오는지도 모를 일이었다.

14

돌려막기

　　대청소반 오 씨는 부산이 고향이다. 가족은 부산에 산다. 그가 왜 서울에 와서 혼자 사는지 아는 사람은 없었다. 성모병원 야간 청소부들의 이력을 줄줄 꿰고 있는 건강검진센터 이 씨조차 모르고 있었다. 대신 이런 이야기를 들려주었다.

　오 씨가 수술실을 담당할 때였다. 수술을 한 뒤 미처 뒤처리를 못 했던 모양이었다. 오 씨가 수술대 위에 놓인 피 묻은 칼을 발견하고 버리는 건가 보다 하고 다른 쓰레기와 함께 버렸다. 다음 날 수술실 담당자가 칼이 없어진 것을 알고 미화부 사무실로 연락을 했고, 사무실에서는 오 씨를 추궁했다. 그리고 칼값을 변상케 했다는 것이었다.

　오 씨는 그 후 대청소반의 붙박이가 되었다. 혼자 맡겨 두면 사고를 칠까 봐서 그랬던 것 같다.

오 씨는 생각이 단순했다. 그래서 늘 반장에게 입으로 쥐어터졌다. 그래도 헤 웃고 마는 오 씨였다. 그 오 씨가 어느 날 사라졌다. 이번에는 무슨 일을 저질렀는지 왜 사라졌는지 아무도 아는 사람은 없었다.

박 씨는 지체장애인이다. 한쪽 다리가 불편했다. 그는 장애인답지 않게 늘 명랑했고 매사에 적극적이었다. 성한 사람만큼 능률을 못 올리는 대신 부지런함으로 부족한 부분을 채우려는 것 같았다.

반장은 정해진 시간에 성과를 내지 못하는 박 씨가 못마땅했다. 그렇다면 쉬운 일을 시켜야 할 텐데 반장은 반대로 했다. 다리가 불편한 사람에게 사다리를 오르게 하거나 성한 사람보다 더한 과중한 일을 떠맡겼다. 싫으면 관두고 나가라는 심보였다.

어느 날 남들이 옷을 갈아입고 퇴근할 준비를 할 때 박 씨가 일을 마치고 돌아왔다. 입이 한 발은 나와 있었다.

"박 씨, 무슨 일 있었어요?"

"이거 끝나면 저거 해라 저거 끝나면 이거 해라, 처음부터 이거저거 한꺼번에 시키면 될 거 아니에요."

박 씨는 볼멘소리를 잔뜩 늘어놓았다.

그 무렵 그 동네에 이상한 소문이 나돌았다. 소문이라면 빠지지 않는 떠벌이 신 씨가 전하는 말은 이랬다.

직업소개소에서 떠돌기로 성모병원이 기피대상 1호라는 것이었다. 그 이유를 설명하는 부분에서 신 씨의 입은 거칠어졌다.

"일은 빡세지 대접은 개떡 같지 그러면서 봉급은 박하다는 거예요."

그래서 그런지 나가는 사람은 있고 들어오는 사람이 없었다. 대청소 반은 기본이 8명이다. 7명이면 빡빡하게 돌아간다. 오 씨가 나간 후 또 한 명이 나갔다. 6명으로는 가동이 불가능하다. 다른 팀에서 한 명을 차출해서 겨우 명맥을 유지했다.

조직은 필요한 최소 인력으로 가동하려고 한다. 비용 부담 때문에 예비 인력을 두지 않는다. 최소 인력을 확보하지 못하면 다들 힘들어질 수밖에 없다.

십시일반이라고 한다. 먹는 것은 한 술 덜 먹어도 된다. 한 술씩 덜어 한 사람 몫의 밥을 만들 수 있다. 짐은 다르다. 짐은 한계가 있다. 한 사람 몫을 덜어 여러 사람이 나누면 다들 힘들어진다. 200kg을 드는 역도선수가 1kg에 무너지는 이치와 같다. 인력 충원이 안 되자 다들 힘들어했다.

그러던 어느 날 바람과 함께 사라졌던 오 씨가 구름과 함께 나타났다. 어떻게 된 일이냐고 물어도 오 씨는 그 문제에 관한 한 입을 열지 않았다. 오 씨가 입을 열지 않아도 나는 그 상황을 이해할 수 있었다.

그제야 나는 알았다. 떠벌이 신 씨가 떠벌린 소문이 소문이 아니었다는 사실을. 직업소개소에서 인력 충원이 안 되자 내보냈던 오 씨를 다시 불러들인 것이었다. 돌려막기였다. 이마저 세상에 알려지면 그때는 어떻게 감당할지….

15
치사 팬티

*

　　　　인력 보충이 어려운 가운데서도 카펫 팀에 조수
가 한 명 들어왔다. 선심을 쓴 것 같지만 내용을 보면 그렇지 않다. 그
동안에도 나에 대한 감시는 꾸준했다. 미운 놈에게 떡 하나 더 주는
것도 아니었다.

　계약 기간을 내 고집대로 6개월 연장했다. 3개월쯤 남겨두고 있었다.
그 후를 대비해야만 했다. 그래서 충원한 거지 예뻐서 그럴 리는 절대
없었다.

　열심히 가르쳤다. 청소는 반장이나 소장을 위해서 하는 것이 아니다.
거기 종사하는 사람, 환자, 방문객을 염두에 두지 않으면 올바른 청소를

할 수 없다. 나는 반장이 밉고 소장이 원망스러울 때도 기본에 충실했다.

반대로 반장이나 소장이 나를 미워할 때도 있었을 것이다. 제 발로 걸어나가기를 바라기도 했을 것이다. 적어도 청소 문제로 책 잡혀서는 안 된다고 생각했다. 사수 김 씨로부터 배운 이상으로 열심히 했다. 새로운 청소 기법도 개발했다.

청출어람(靑出於藍). 제자나 후배가 스승이나 선배보다 나음을 비유적으로 이르는 말이다. 그래야만 한다. 그래야 나도 발전하고 조직도 발전하고 나라도 발전한다. 그런 마음으로 조수를 가르쳤다.

그런데 툭하면 조수를 빼내갔다. 대청소반 인력이 부족해서였다. 거기까지는 참을 수 있었다. 그동안 조수 없이도 잘 해나왔다. 오히려 청소에 몰입하는 데는 혼자가 유리했다. 나는 청소를 통해 분노와 미움을 다스렸다.

대신 혼자서 하면 잠시도 쉴 틈이 없었다. 세척기로 땀을 뺀 후 선풍기를 틀어대도 그 바람을 쐬고 있을 틈이 없었다. 끊임없이 아래 위층을 오르내리며 휴게실을 점검하고 카펫에 새로 얼룩이 생기지 않았는지 살펴봐야 했다.

유일한 즐거움은 지나다니면서 얻어 마시는 커피였다. 그 짧은 동안의 커피타임이 휴식이자 위로였다.

사실 청소부에게 커피는 행복한 음료가 아니었다. 청소부에게 커피는 각성제였다. 특히 여자 청소부는 커피를 필수품처럼 보따리에 넣고 다녔다.

여자들은 출근하면 청소부지만 가정에 돌아가면 한 사람의 주부였다. 전업주부라는 말이 있듯이 가사도 한 사람의 일이다. 청소부라고 그 일이 면제되는 것이 아니다. 청소와 가사, 이른바 투 잡이다.

옛날 사수 김 씨가 그랬듯이 여자들은 잠이 부족하다. 커피는 졸음 방지용 약이라는 사실을 알면 마냥 행복에 취할 수는 없다.

행복하지 않은 일은 또 있었다. 조수를 충원한 핑계로 떡 하나를 더 얹어 주었다. 독이 든 떡이었다. 주일마다 아래 위층 돌아가며 화장실 청소를 맡아 하라는 것이었다. 그냥 물청소가 아니라 스팀청소를 하라는 것이었다.

스팀 청소기는 카펫 세척기처럼 따로 기계가 있다. 카펫 세척기가 물을 그대로 분사한다면 스팀 청소기는 물을 끓여서 스팀을 분사한다. 소독과 세척을 동시에 할 수 있으니 좋기야 하다. 하지만 하는 사람은 시간이 두 배로 걸리고 무엇보다 뜨거운 열기가 고통스럽다.

* *

『성자가 된 청소부』를 보면 아버지의 대를 이어 청소를 하던 자반이 뜬금없이 의사가 되어 병을 고치고 나중에는 성자로 떠받들어진다.

인도에서 신분상승이란 있을 수 없다. 불가촉천민인 주인공 자반이 성자가 된다는 건 허황된 이야기다. 아마도 지은이는 그렇게 해서라도 태생이 천민이자 청소부인 자반을 위로하고 싶었던 게 아닌가 싶다.

내가 지은이라면 차라리 자반이 같은 계급의 아내를 맞아 같은 계급의 아들딸을 낳고 청소부로서 자부심을 느끼며 살아가는 모습을 그리지 않았을까 싶다.

청소가 풍류놀이는 아니다. 그걸 모르는 청소부는 없다. 청소부는 이 사회의 여러 등급 중에 아래 등급에 속한다는 것도 잘 알고 있다. 하지만 자신의 부지런함으로 처음보다 나은 환경을 만든다는 자부심을 가지고 있다.

자부심을 꺾지 않는 게 청소부를 위하는 방법이자 환경론자가 주장하는 지구를 살리는 방법이다. 한데 사정은 그렇지 않다. 청소부에게 그보다 더 내려갈 등급이 어디 있다고 거기서마저 끌어내리려고 갖은 수단을 쓴다.

나는 줬다가 뺏어가는 것도 참았다. 조수는 대청소반에 가 있는 날이 더 많았다. 무늬만 조수였다. 게다가 청소의 범위가 이전의 카펫에서 화장실 청소로 넓어진 것도 참았다. 어차피 두 가지 일을 동시에 하는 것은 아니었다.

나는 그래도 대청소반에서 살다시피 하는 조수를 조수라고 퇴근길에 끼고 다니며 밥도 먹고 술도 먹었다. 명색이 목사 남편이면서 술은 잘 먹었다. 나는 직접 듣지 않았지만, 목사 남편인지 아닌지 그 입에서 나오지 않으면 누구도 알 까닭이 없었다.

그런데 이 친구가 이쪽저쪽 다니면서 박쥐 노릇을 하는 것이었다. 나는 감시를 당하면서도 식사정치(?)를 그만두지 않았다. 밥을 먹다 보면 남자도 끼고 여자도 낀다. 한 번은 안 씨 아줌마, 김 씨 아줌마도 있었다.

누가 누구를 좋아한다고 소문이 났다. 소문을 퍼뜨릴 사람은 조수 외에 없었다. 그 소문이 떠벌이 신 씨를 통해 내 귀에 들어왔다. 나는 조수 뒤에 반장이 있다는 것을 직감적으로 알았다. 조수도 반장의 끄나풀로 포섭이 된 것이었다.

그때까지 끄나풀은 주로 여성이었다. 나는 그 끄나풀이 누군지 다 알고 있었다. 왼쪽 오른쪽에 늘 끼고 다니는 똘마니가 끄나풀 노릇을 했다. 뒤를 쫓는 모습이 내 눈에 여러 번 띄었다. 내가 갑자기 방향을 바꾸는 바람에 들통이 나 당황하는 꼴이라니.

조수를 이용한 건 007 영화를 뺨치는 작전이었다. 끄나풀을 직접 적진에 투입한 것이다. 조수도 실토했다. 목적은 뻔했다. 약점을 잡아 소문을 퍼뜨림으로써 내가 설 땅을 잃게 하자는 것이었다.

치사 팬티 같은 인간. 제 딴에는 치사 팬티가 결국 드러나고 만다는 사실을 몰랐을 테지. 사태가 그 지경에 이르자 나도 꼭지가 돌 만큼 돌았다.

16
복 수

*

　　치사 팬티 같은 인간은 되치기로 맛을 보여야
한다. 똑같이 야비한 수단으로 되치기하면 똑같이 치사 팬티가 된다.
나는 내가 사용할 수단을 며칠 동안 곰곰이 생각했다. 마침내 결론에
도달했다.

　어느 날 하루 반나절 시간을 할애해 은행에 갔다. 통장에 입금된 한
달 봉급 액수를 확인하고 딱 그 액수만큼 현금으로 인출했다. 정확하
게 1,416,090원을 찾아 은행에 비치된 봉투에 넣었다.

　다음 날 또 반나절을 할애해 소장을 만나 봉투를 내밀었다.

　"부탁 하나 들어줘야겠어. 가난한 환자들을 돕는 기부금을 모집한다
던데 어디에다 맡겨야 하는지 모르기도 하고 알다시피 시간도 없잖아.

심부름 같지만 대신 좀 맡겨주게."

소장이 눈을 동그랗게 뜨고 나를 쳐다봤다. 나는 더 이상 구구한 말을 하고 싶지 않아 봉투를 던지다시피 하고 선걸음에 그 자리를 떠났다.

성경에는 왼손이 하는 일을 오른손이 모르게 하라고 쓰여있다. 똑같은 성경 다른 부분에는 촛불을 켜서 바가지로 덮어두면 소용이 없다고도 쓰여있다. 내가 남 들으란 듯이 기도하는 바리사이 사람처럼 공개된 장소에서 봉투를 전한 것은 그 나름의 의미가 있었다.

경제학자 그레샴은 악화가 양화를 쫓아낸다고 했다. 정상적인 사회에서는 일어날 수 없는 현상이다. 소문도 마찬가지다. 정상적인 사회라면 나쁜 소문이 발을 붙일 수 없어야 한다. 그래도 만약 나쁜 소문이 퍼진다면 좋은 소문으로 나쁜 소문을 압도해야 한다.

누구는 적은 돈으로 생색을 낸다고 생각할지 모르겠다. 물론 적은 돈이다. 하지만 그 돈은 내가 한 달 동안 욕먹고 땀 흘리면서 번 돈이다. 있는 사람에게는 하루 저녁 술값도 안 되지만 내 생애의 한 달과 맞바꾼 돈이라면 적은 금액도 아니다.

공치사가 아니다. 솔직히 나는 부모님이 편찮아하실 때 단 하루도 부모님을 위해 희생한 적이 없었다. 부모님을 모시고 구경을 시켜드린 적도, 맛있는 음식 한 끼 대접한 적도 없었다. 내 생애의 한 달, 청소부로서의 한 달은 나름대로 의미가 있었다.

효과는 금방 나타났다. 며칠 후 조회시간이 끝날 무렵 반장이 나를 불렀다.

"아저씨, 사회사업부에서 좀 만나자고 한다는데 무슨 일 있어요?"

'선생님이 보자고 하시는데 무슨 잘못을 했어요?' 하는 것처럼 들렸다.

"아뇨."

나는 시침을 뗐다.

일을 하면서 왜 만나자고 할까 곰곰이 생각했다. 청소부가 한 달 봉급을 내놓는 건 흔한 일이 아닐 것이었다. 그렇다면 굳이 만날 이유가 없었다. 생색을 내자는 게 의도가 아니었다. 나는 반장과 소장, 네들과 다르다는 것을 보여주고 싶었다. 나는 이미 목적을 이루었다. 그날 일과가 끝나기 전에 반장에게 말했다.

"만날 생각이 없다고 전해주세요."

* *

솔직히 그 사람들을 만난다고 하면 그 사람들이 나를 찾아올 것 같지는 않았다. 우리는 같은 나라에 살지만, 낮과 밤이 다르다. 사회적 지위도 다르다. 책상 앞에서 일하는 사람과 바닥과 씨름하는 사람.

이 사회는 늘 더 가진 사람이 덜 가진 사람의 희생을 요구한다. 내가 그 사람들을 만나려면 내 시간을 쪼개야 한다. 이건 너무 불평등하다. 내가 그 사람들을 만나려고 하지 않은 것은 이런 이유가 더 크게 작용했다.

며칠 후 홍보팀에서 똑같은 연락을 받았다. 나는 홍보팀에서 나를 취재하겠다는 의도를 모르지 않았다. 병원에서 발행하는 신문 한쪽 구석에 미담 기사로 한 줄 싣고 싶었을 것이다.

가난한 과부가 헌금함에 동전 한 닢을 넣는 것을 보시고 예수님께서 제자들에게 말씀하셨다. "부자들은 모두 풍족한 데에서 얼마씩 넣었지만, 저 과부는 궁핍한 가운데에서 가진 것을 모두 넣었다."

가톨릭 이념을 실현하는 성모병원에서 청소부의 한 달 봉급 기부는 미담이 될 수도 있었다. 전에 내가 성당 소식지를 만들 때도 그런 기사를 취재해 실은 적이 있었다. 하지만 나는 홍보팀의 만나자는 제안을 거절했다.

첫째, 시간을 뺏기면서 취재당하기 싫었고 둘째, 동료 청소부들이 어떻게 생각할지도 걱정이었다. 그 사람 중에는 퇴근길에 한두 시간 걸리는 사무실 청소를 해서 돈을 버는 사람도 있었다.

그러자 이번에는 병원장께서 차나 한잔하자고 소장을 통해 연락했다. 역시 같은 이유로 거절했다.

게다가 병원장과 단둘이 만난다는 보장도 없었다. 먼저 만나자고 했던 사회사업부와 홍보팀이 자연스레 동석할 수도 있었다. 이 사람들이 속으로 '자식, 청소부 주제에 되게 비싸게 구네.' 이럴 게 아닌가.

나 혼자만의 생각일 수도 있다. 어쨌든 세 번의 제안을 모두 거절했다. 며칠 후 조회시간에 반장이 부드러운 남색 천에 금박의 병원 마크가 새겨진 것을 전해주었다. 마크 아래에 '가톨릭대학교 서울성모병원'이라는 글씨 역시 금박이었다.

두 겹으로 된 겉장을 열었다. '고맙습니다, 사랑합니다.'라는 큰 글씨 아래 성명과 주소, 기부금액이 적혀 있고 그 아래 다음과 같이 쓰여있었다.

"정성 어린 후원에 깊이 감사드립니다. 따뜻한 사랑의 나눔을 통해 질병으로 고통받는 불우하고 소외된 환우들에게 빛과 희망 그리고 용기가 되어주신 선생님께 환우와 교직원 모두를 대표하여 진심으로 감사드리며, 선생님의 고귀한 뜻을 늘 기억하면서 생명존중의 의료정신 실천을 위해 힘쓰겠습니다. 가톨릭대학교 서울성모병원장 승기배"

감사장이었다. 반장은 감사장을 비밀 쪽지를 전하듯 슬쩍 전해주었다. 전달식을 따로 소집한 것도 아니었다. 조회시간에 자연스레 여러 사람이 모였다. 여러 사람 앞에서 낭독하면 전달식이 되는 것이었다.

반장은 그러는 게 싫었을 것이다. 내가 박수받는 꼴을 보고 싶지 않았을 것이다. 아무래도 좋았다. 반장 혼자 알고 있어도 좋았다. 나는 손가락 하나 건드리지 않고 반장에게 복수했다. 통쾌했다.

17

미화원

아내와 남편이 중요한 자리에 초대를 받았다. 남편은 벌써 준비를 끝냈다. 아내는 여태 화장대 앞에 앉아있다. 벌써 한 시간째다. 남편은 시계를 본다. 초조하다. 기다리다 못해 한마디 툭 던진다.

"아직 멀었어? 호박이 호박이지 줄 긋는다고 수박 된담?"

아내가 발끈한다.

"뭐요? 누가 호박이란 말이오? 결혼하자고 매달린 사람이 누군데."

아내가 발끈할 일이 아니다. 냉장고 안의 호박이 문을 박차고 나와 따질 일이다.

'가만있는 나는 왜 들먹여요? 얼굴이 반반하면 다요? 그래도 실속은 내가 있단 말이요!'

호박과 수박은 비교 대상이 아니다. 그럼에도 비교 대상으로 삼는 것은 겉모습이 수박이 호박에 비해 번드레해서다. 실속은 호박이 월등하다. 영양학자가 증언한다.

사람들은 겉치레를 좋아한다. 언제부터인지 청소부를 미화원이라고 부른다. 겉치레에 불과하다. 어느 정치인의 말처럼 그래서 생활이 나아진 것도 아니고, 처우도 그대로다. 미화한다고 다 미화되는 것은 아니다.

미화원(美靴員)은 오래전부터 구두 닦는 이를 가리키는 말로 사용돼 왔다. 그래서 미화원(美化員)이라고 표기를 하는데 우리가 언제부터 글로 대화를 했는가. 참으로 구차하다. 이런 짓거리야말로 멀쩡한 호박에 줄 긋는 식이다.

언젠가 휴게실 청소를 할 때였다. 벤치에 사람들이 앉아있었고, 그 발밑으로는 쓰레기가 나뒹굴고 있었다. 잠시만 비켜 달라고 했다. 청소부는 한 번 때를 놓치면 그 자리에 다시 올 수 없다.

다들 자리를 비키는데 의사는 돌부처럼 그대로 있었다. 청소기가 다가가자 의사는 한 발을 들었다 내리고 또 한 발을 들었다 내렸다. 청소를 못 끝내지는 않았지만 기분은 더럽게 꿀꿀했다.

청소부에게 이런 일은 비일비재하다. 화장실 청소를 하다 휴대폰을 주워 주인에게 돌려주었다. 젊은 아줌마는 냉큼 뺏다시피 채간 뒤 고맙다는 인사도 없이 가던 길을 갔다. 경비요원 녀석들은 막내 자식뻘이다.

한번은 일층 로비를 지나가는데 누가 "아저씨!" 하고 떡이나 하나 줄듯이 불렀다. 경비요원이었다. 이 녀석이 로비 바닥을 손가락으로 가리켰다. 종이 한 장이 떨어져 있었다. 그 녀석은 금장갑을 꼈나 하고 보았더니 여느 손과 다르지 않았다. 같은 병원 밥을 먹는 처지에 그러는 게 아니었다.

이참에 한마디 더 하자. 장애인이라는 말은 알겠는데 비장애인은 무슨 뜻인가. 지금은 장애인이 아니지만 곧 장애인이 될 사람이란 뜻인가. 장애 예비군? 악담이다. 내 귀엔 가다가 다리나 부러지라는 뜻으로 들린다.

누구나 장애인이 될 수 있다. 겉으로 멀쩡해 보이는 나도 돋보기가 없으면 신문을 읽을 수 없다. 무릎도 아프고 허리도 아프다. 등급 판정만 받지 않았지 장애인이다.

나는 장애인이라는 말이 싫은 게 아니라 장애인, 비장애인 구분하는 것 자체가 싫다. 둘로 나눔으로 해서 차별이 생겨난 것이다.

봉사, 장님, 귀머거리, 절름발이, 앉은뱅이…. 이런 말들이 원래 비하하는 뜻을 내포하고 있지는 않았다. 심청전 어느 대목에서 심 봉사를 비하했는지 나는 알지 못한다. 오히려 심 시각장애인이라고 하는 게 어색도 하거니와 장애를 구체적으로 드러내고 말지 않았는가.

책상머리들은 변통머리가 없다. 편을 가름으로써 오히려 차별을 조장했다는 비난을 감수해야 마땅하다. 청소부만 해도 가만 내버려 둘 것이지 크게 생각이나 하는 것처럼 미화원이라고 함으로써 그 이전의 청소부는 형편없는 존재였음을 시인하고만 꼴이다.

나더러 이 세상 사람을 두 부류로 구분하라고 한다면 버리는 사람과 치우는 사람, 환경을 파괴하는 사람과 환경을 보존하는 사람으로 구분하겠다. 청소부는 당연히 치우는 사람이고 환경을 보존하는 사람이다. 누가 이 사람들에게 손가락질을 할 것인가. 만약 손가락질하는 사람이 있다면 버리는 사람, 환경을 파괴하는 사람일 것이다.

그러므로 나는 미화원을 반납하고 청소부를 지키려고 한다.

18
언해피 엔딩

"가야 할 때가 언제인가를/분명히 알고 가는 이의/뒷모습은 얼마나 아름다운가.//봄 한 철/격정을 인내한/나의 사랑은 지고 있다.//분분한 낙화/결별이 이룩하는 축복에 싸여/지금은 가야 할 때//무성한 녹음과 그리고/머지않아 열매 맺는/가을을 향하여/나의 청춘은 꽃답게 죽는다.//헤어지자/섬세한 손길을 흔들며/하롱하롱 꽃잎이 지는 어느 날//나의 사랑, 나의 결별,/샘터에 물 고이듯 성숙하는/내 영혼의 슬픈 눈."

—이형기의 「낙화」

보름을 남겨놓고 나름대로 계획을 세웠다. 뒷말을 남기지 말자. 그동안 갈고닦은 솜씨로 적어도 내가 맡은 구역에 흠을 남기지 말자. 카펫은 겉으로 멀쩡해도 털면 먼지투성이다. 먼지 한 톨까지 탈탈 털자.

조수는 대청소반에서 언제 돌아올지 기약이 없었다. 내가 사수로부터 배운 것, 내가 나름대로 갈고 닦은 기술을 조수에게 전하지 못하는 것이 안타까웠다. 하지만 사람을 데려오고 데려가는 것은 내 영역 밖이었다. 게다가 인력이 충원되지 않아 돌려막기 하는 판국이었다.

나는 혼자 일하는 데도 이력이 났다. 지난 보름 동안 대강당을 시작으로 이틀에 하나 혹은 하루에 두 개씩 오직 카펫에만 매달렸다. 하나하나 줄어들 때마다 가슴이 뿌듯했다.

마지막으로 휴게실 두 곳을 남겨두고 있었다. 오전에 하나, 오후에 하나 마치도록 계획을 세웠다. 이 두 개를 마치면 장비들을 제자리에 갖다 두고 옷을 갈아입은 다음 사물함 열쇠를 반납하면 끝이다.

하나가 남았다. 일층 로비의 성모님께 작별인사를 드려야지. 오며 가며 위로도 받고 원망도 했던 성모님께 마지막에는 압박과 설움에서 해방되어 감사하다는 인사를 드려야지.

또 하나가 남았다. 회식금지라는 초유의 포고령에도 불구하고 서슬 퍼런 감시를 피해 끝까지 행동을 같이했던 두세 명의 동지들과 최후의 만찬을 가져야지. 그리고 아름다운 뒷모습으로 떠나야지.

오후 일을 막 시작하려 할 때였다. 조수가 헐레벌떡 달려왔다. 그래도 반장이 실낱같은 양심은 있구나 생각했다. 마지막 날이라고 도와주러 보낸 줄 알았다.

"화장실 스팀청소를 하시라는데요?"

이게 무슨 뜬금없는 소리인가.

"누가?"

몰라서 물은 게 아니었다. 화가 나서 큰소리로 되받았다. 조수는 무춤해서 서있었다. 한마디 더 쏘아붙였다.

"그렇게는 못 하겠다고 전하시오. 그리고 스팀청소는 당신이 하시오."

생각할수록 부아가 났다. 군대에서도 제대 말년은 건드리지 않는다. 이제 네 시간 후면 청소부도 끝이다. 그런 마당에 갑자기 계획을 변경해 스팀청소를 하라는 것은 너 욕 좀 봐라 이것 외에 설명할 방법이 없었다.

일 중에서도 스팀청소가 가장 힘들다. 하지만 그보다 힘든 것은 억지로 하는 일이다. 기분을 잡쳐서 그런지 쉽게 할 수 있는 일도 시간이 걸렸다. 일을 마치고 갔을 때 다들 퇴근하고 없었다. 그래서 더 화가 났다.

최후의 만찬이니 아름다운 뒷모습이니 다 글렀다. 원수는 외나무다리에서 만난다더니 승강기 앞에서 반장을 만났다. 같이 승강기를 탔다. 둘뿐이었다. 답답했다. 세 개 층을 올라가는 시간이 엄청 길었다.

일층 로비에서 내렸다. 이제 서로 갈 길을 가면 끝이었다. 한마디 말을 해야 하나 말아야 하나 잠시 망설였다.

'그동안 고마웠어요. 앞으로 행복하세요.'

빈말이라도 이렇게 했으면 좋았을 것이었다. 내 성정머리는 그 말을 허락하지 않았다.

"꿈에서라도 다시 보는 일이 없기를 바랄게요."

내가 생각해도 내 뒷모습은 참으로 추했다.

19

돌아올 수 없는 다리

*

　　좋든 궂든 내 생애의 일 년이다. 청소부면 어떻고 지하 막장 광부면 어떠랴. 어차피 내가 선택한 일이었다. 오히려 지난 일 년이 밋밋하고 평범한 일상이었다면 내 선택이 잘못되었음을 탓해야 한다. 선택은 옳았다. 오해 없기를 바란다. 일 년 단기 경험으로 내 선택이 옳았다는 말이지 거기 몸담고 있는 사람들의 선택이 옳았다는 말이 아니다. 그 세계는 한마디로 아비규환이다. 더러 직업에 만족하는 사람도 있지만 대부분의 사람들은 오도 가도 못해서 붙잡혀 있었다.

　청소부라는 직업, 세상 사람들이 생각하는 것처럼 지저분한 직업이 아니다. 오히려 그 반대다. 청소부의 손은 마이더스의 손이다. 청소부의 손이 닿으면 눈이 즐겁고 코가 즐거워진다. 청소부는 쓰레기 더미에 장미꽃을 피우는 사람이다.

우리 집에 오는 사람들은 집이 깨끗한 것에 놀란다. 우리 집 청소는 내가 담당이다. 일 년 동안의 경험으로 쌓은 나만의 노하우가 있다. 고양이 세수하듯 하는 청소는 청소가 아니다. 우리 집에 오는 사람들이 놀라는 것은 보이는 곳만 보지만 나는 보이지 않는 곳을 더 중요시한다.

그렇게 가르쳐야 한다. 하지만 아무도 그렇게 가르치는 사람은 없었다. 심지어 감독이라는 사람도 보이는 곳만 깨끗하면 깨끗한 줄 알았다. 어느 특급 호텔에서 변기를 닦은 걸레로 컵을 닦은 것이 드러났다. 겉으로 봐서는 알 수 없다. 걸레질도 노하우가 있고, 순서도 노하우가 있다. 아무도 가르쳐 주지 않았다. 가르쳐 주지도 않고 잘못한다고 핀잔만 주었다. 대청소반의 오 씨, 이 씨는 내가 그만두는 날까지도 같은 잘못으로 볼이 붓도록 꾸지람을 들었다.

선도보다 단속을 앞세우는 전근대적 지도방식이 우리나라에서 다섯 손가락 안에 꼽히는 대형병원에서 자행된다는 사실이 놀라웠다.

나는 명색이 소장의 친구였다. 나이도 270여 명의 청소부 중 가장 많았다. 그래서 더 감시가 심했는지 알 수 없지만 그만두는 날까지 반장과 대립했다.

옛날에 논산훈련소를 거친 사람들은 그쪽으로 보고 오줌도 누지 않는다는 말을 했다. 훈련 그 이상으로 훈련병을 괴롭혔다는 뜻이다. 그런 생각을 갖게 하는 것은 누구에게도 도움이 되지 않는다. 내가 지금

반장 소장을 욕하는 것도 똑같은 마음이다.

그래도 일 년 동안 동고동락을 했던 사람들을 향한 연민의 정은 지울 수 없었다. 따뜻한 국밥 한 그릇이라도 나누면서 헤어졌더라면 마음에 덜 걸렸을 것이다. 그조차 반장의 훼방으로 무산되었다.

안타까운 마음에 편지를 썼다. 엄혹한 포고령에도 불구하고 늘 곁을 내주었던 두 사람을 골랐다. 인사 한마디 없이 헤어져서 미안하다. 귀찮더라도 퇴근 시간에 맞춰 병원 근처로 갈 테니 식사나 한 끼 하자.

바쁜 세상에 무슨 편지? 아니다. 절절한 마음을 전달하는 데는 편지 이상이 없다. 나는 30년 가까이 동창들에게 편지를 썼다. 지금도 쓰고 있다. 가끔 전화도 하지만 받는 사람들은 편지를 더 기다린다.

그래서 편지를 썼다. 받고서 깜짝 놀랄 장면, 뜯어서 읽을 때의 표정을 떠올렸다. 그리고 반가운 소식이 오기를 기다렸다. 하루 이틀 기다리는 시간조차 행복했다.

* *

성경에 이런 구절이 있다. "너희 가운데 어느 아버지가 아들이 생선을 청하는데 생선 대신에 뱀을 주겠느냐? 달걀을 청하는데 전갈을 주겠느냐?"

생선 대신에 뱀을, 달걀 대신에 전갈을 주는 그런 기막힌 일이 세상에서는 흔히 벌어진다. 편지를 보내고 기쁜 소식이 오기를 날마다 고대했다. 생선이면 어떻고 달걀이면 어떠랴. 나는 두 가지를 다 좋아했다.

그런데 날아든 소식은 뱀처럼 사악하고 전갈처럼 독을 품고 있었다. 그곳이 아무리 크렘린 궁이라도 그런 일이 벌어질 줄 꿈에도 몰랐다.

"편지를 왜 보냈어요?"

목소리에 원망이 잔뜩 서려있었다.

"아니 도대체 무슨 일이 있었어요?"

"여간 난리굿이 아니었답니다."

"왜요?"

"소장이 편지를 뜯어봤어요."

"엥?"

수신인 주소를 성모병원 미화관리부로 적었다. 내가 아는 주소는 그 것밖에 없었다. 주소가 어디든 편지가 도착했으면 본인에게 전달하면 그만이다. 그런데 미화관리부 소장이 검열관도 아니고 남의 편지를 왜 뜯어본단 말인가. 소장은 헌법이 보장한 통신비밀의 자유를 어겼다. 그 렇다면 차라리 편지를 없애버렸다면 자신의 죄는 은폐할 수 있었을 것 이다. 그는 그러기는커녕 수신인 두 사람을 불러 수신인, 발신인 간에 서로 내통하면서 무슨 음모를 꾸미고 있는 것처럼 닦달했다.

그 두 사람은 청소부 중에서도 고참이었다. 나는 그 사람들에게 많 이 의지했고, 그 세계를 이해하는 데 도움도 받았다. 꼭 인사라도 해야 할 사람들이었다. 그런 사람들에게 말할 수 없는 고통을 안겨 주었다. 마음이 아팠다.

나는 다시 편지를 썼다. 이번 편지는 소장을 수신인으로 했다. 대충 이런 내용이었다.

나는 네가 편지 받기를 좋아하는지 몰랐다. 미안하다. 늦었지만 이 편지를 받고 네가 좋아했으면 좋겠는데 아닐 수도 있겠다 싶어 다시 한 번 미안하게 생각한다. 이 친구야, 너나 나나 내일모레면 나이 일흔이다. 들어도 금세 까먹을 나이다. 그래도 이것만은 꼭 읽어주기 바란다. 다름이 아니라 「통신비밀보호법」이라는 거다. 벌칙이 꽤 무시무시하더라. 이 나이에 그런 벌칙을 받아서야 쓰겠나. 자네는 이 법을 어겼을 뿐만 아니라 죄 없는 사람을 불러 괴롭히기까지 했더구나. 그간 우리 사이가 좀 멀어지긴 했다만 미우면 내가 미운 거지 그 사람들이 무슨 잘못이야? 일을 키우고 싶지 않거든 그 사람들에게 사과하게.

편지를 빠른 등기로 보냈다. 사태가 심상찮게 흘러간다고 생각했던지 빛의 속도로 반응했다.

"좀 만날까?"

"만나서 뭐하게?"

"아니 그냥 뭐,"

"바빠, 끊어."

나는 차갑게 전화를 끊었다. 내가 그렇게 차가울 수 있음에 나도 놀랐다. 전화를 끊고 마음을 가라앉힌 다음 문득 피천득의 「인연」 중 한 대목을 떠올렸다.

"그리워하는데도 한 번 만나고는 못 만나게 되기도 하고, 일생을 못 잊으면서도 아니 만나고 살기도 한다. 아사코와 나는 세 번 만났다. 세 번째는 아니 만나야 좋았을 것이다."

닫혀라, 참깨!

◆◇◆

다른 사람들은 알 수 없는, 알아도 다 잊고 있을 이야기들입니다. 단독 보도, 맞는 말입니다. 제가 저를 가장 잘 압니다. 세 살 때부터 줄곧 지켜보았습니다. 세 살? 그렇습니다. 세 살 때 동생이 죽었는데 그 이전의 기억은 기억되는 게 없습니다. 하여 세 살이 제 기억의 기원입니다.

처음부터 보도를 전제로 저를 지켜본 것은 아닙니다. 그때는 그런 의식이 없었습니다. 의식이 없었기 망정이지 의식이 있었다면 너무 의식만 의식했을 것입니다. 폼 잡다가 망신하는 거, 그런 거 있지 않습니까.

보도의 진실성은 의심치 말아 주십시오. 저는 혼자가 아니었습니다. 주변에 보는 눈들이 많았습니다. 물론 호의적인 눈이 더 많았지만, 호의적이지 않은 눈이 적다고 해서 무시할 수 없습니다. 대개 그 눈이 더 무섭습니다.

그 눈들이 다 호의적이지는 않았습니다. 있었습니다. 없는 것도 만들어내는 무서운 세상입니다. 제가 만약 주관을 개입시켜 보도하면 그 많은 눈이 가만 내버려 두겠습니까? 지켜본 눈 중에는 우호적이지 않은 눈도 있습니다.

그렇다고 그 눈들을 의식해 입맛에 맞추려고 하지 않았습니다. 말하자면 여기저기 눈치를 보지 않았다는 말입니다. 정확하고도 공정한 보도, 믿어주십시오.

욱, 성을 보태서 이욱, 짐작하신 대로 본명이 아닙니다. 보도 중간에 욱하는 순간이 더러 있었습니다. 자제해도 어쩔 수 없었습니다. 우리 민족 중에 한(恨)없는 사람이 어디 있겠습니까? 나는 유독 남들보다 한이 많았습니다.

6·25 전쟁? 다섯 살 때 터진 전쟁은 전쟁이 아니라 불꽃놀이였습니다. 다부동 쪽을 바라보면 불꽃이 밤하늘을 수놓았습니다. 사람을 죽이려는 목적으로 터뜨린 조명탄인 것은 나중에 알았습니다.

그때 가족이 모두 여행을 떠났습니다. 고개 하나 너머 가까운 여행이었지만 정말 신이 났습니다. 태어나서 첫 여행이었으니까요. 그것도 피란이었다는 것을 나중에 알았습니다. 그러므로 적어도 나는 전쟁을 한이라 여기지 않았습니다.

여러분, 같은 말이라도 말입니다. 가장 신뢰했던 사람으로부터 뼈아픈 말, 부당한 대우를 받으면 어떨 것 같습니까? 가령, 부모님이 '너는 다리 밑에서 주워왔다.' 그러면 여러분은 허허 웃고 말 것입니까? 여러

분이 철이 들었다면 그럴 수 있습니다.

처음으로 글을 썼습니다. 선생님이 보시고 이렇게 말합니다. '베꼈지?' 그러면 여러분은 허허 웃고 말 것입니까? 여러분이 철이 들었다면 그럴 수 있습니다.

다시 하나 묻겠습니다. 여러분은 몇 살 때 철이 들었습니까? 다섯 살 때? 열 살 때? 스무 살 때?

저는 세 살 때 동생이 죽었는데 그것이 죽음인지 몰랐습니다. 저는 다섯 살 때 전쟁을 겪었지만, 그것이 전쟁인지 몰랐습니다. 저는 여덟 살 때까지 밤에 오줌을 쌌습니다. 스무 살 때 연애하는 방법을 몰라 그때까지도 짝이 없었습니다.

망령 나자 철든다는 말이 있습니다. 철들기가 그만큼 어렵습니다. 열두 살 때 신뢰했던 선생님으로부터 '베꼈지?' 소리를 듣고 한이 맺혔습니다. 제가 철이 있었으면 '진심이 아닐 거야.' 하고 에둘러 해석했을지도 모릅니다. 그랬으면 좋은 길을 걸었을지도 모릅니다.

저는 지능이 모자라는 편이 아니었습니다. 지능이 모자랐다면 책 한 권 없이 우등상을 받을 수 없었습니다. 또 반은 학생 반은 농사꾼으로 살면서 명문 경북고등학교에 들어갈 수 없었습니다.

그럼에도 어떤 선생님은 애써 지은 글을 베꼈다 하고, 어떤 선생님은 남의 이름으로 상을 받게 하고, 또 어떤 선생님은 선심을 쓰는 척 데려다가 제 자식 가르치는 데 시간을 몽땅 빼앗았습니다. 착취나 다름없었습니다.

지나고 보니 저는 이 자리에 있지 않고 저 자리에 가 있었습니다. 이 자리는 제가 바라던 자리였습니다. 저 자리는 가서는 안 되는 자리였습니다.

그분들께 몽땅 뒤집어씌우고 싶은 생각은 없습니다. 저도 일정 지분을 가지고 있습니다. 그럼에도 불구하고 그분들의 지분이 훨씬 큰 부분을 차지하고 있습니다.

사회공동체, 저는 거기서 공동체는 떼어서 개를 주겠습니다. 공동체는 무슨 얼어 죽을. 아차, 실언했습니다. 요즘 어떤 세상인데 개에게 그것을 주겠습니까. 그냥 땅에 묻어버리겠습니다. 공동체라면 가치지향이 같아야 합니다. 우리 사회가 그렇습니까? 우리 사회는 만인의 만인에 대한 사각의 링입니다.

사각의 링에서 잔인하게 얻어터졌습니다. 제 돈은 먼저 보는 사람이 임자였습니다. 그 사나운 이리 떼는 아파트를 앗아갔고, 주머니의 동전까지 털어갔습니다. 그래 놓고 뒤도 돌아보지 않고 도망쳤습니다.

어떻습니까. 욱이라는 이름이 퍽 어울리지요? 그래도, 그래도 말입니다. 전쟁터에서도 꽃이 피듯이 우리 사회의 다른 쪽에서는 가치지향이 같은 사람이 더 많습니다. 저쪽을 바라보면 당장 망할 것 같아도 이쪽을 바라보면 살 만한 세상입니다. 전도가 유망합니다.

속았습니다. 속아도 잘 속았습니다.